오푸스
“허. 설마 자네가
요전번 사건을 뒤에서
조종했을 줄이야.”
루페이시
은귀

"어머님!"

"스킬 마스터라면 누구라도
할 수 있지 않나?
그건 내가 확보한 것이
빨랐을 뿐이야."

저택 툇마루에서, 오푸스는
드워프 노인과 술을 주고받고 있었다.
노인이라고는 해도 알맹이만 그럴 뿐, 나이로 치면
드워프의 카테고리 안에서는 어린 축에 들어간다.
그러면서도 외견은 강건하고 수염이 덥수룩하다.
덤으로 험상궂은 얼굴이라,
다른 종족이 그 실제 나이를 알아맞히기는 어렵다.
그는 스킬 마스터 No.12인 은귀.
공중 정원이라고도 해야 할 이 외딴섬은
그가 관리하는 수호자의 탑이다.

닌자 같은 움직임으로 집무용 책상을 우회한 마이마이는
어안이 벙벙해진 교직원들을 아랑곳하지 않고 팔을 크게 벌려
케나에게 안기려 했다.
케나는 이에 손바닥으로 얼굴을 움켜쥐는 것으로 대응했다.
"남들 보는 앞에서
안기려고 하지,
말랬지!"
케나

리아데일의 대지에서

WORLD OF LEADALE

【글】 Ceez

【일러스트】 텐마소

WORLD OF LEADALE **CONTENTS**

지금까지의 줄거리 006

프롤로그 025

제1장

원인 규명과 포획과 사정 청취와 타개책 035

제2장

사전 회의와 의뢰와 첫 인사와 폭로 077

제3장

야영과 결계와 진행과 준비 147

제4장
공지와 집결과 이벤트와 시작 185

등장인물 소개 8 251

특별 일러스트 모음 255

후기 272

ILLUST. 텐마소

캐릭터 소개

케나

VRMMORPG 〈리아데일〉 시절에는 〈은색 고리의 마녀〉라는 별명으로 불린 정상급 플레이었다. 〈리아데일〉 서비스가 끝나고 200년이 지난 세계에서 눈을 뜨고, 모험가가 되었다.

스카르고

케나가 게임에서 키운 NPC 3남매의 장남. 지금 세계에서는 교회의 대사제로, 국왕, 재상 다음의 지위인 절세의 미남. 【엑스트라 스킬 : 장미는 아름답게 지네(오스칼)】로 항상 꽃과 파도, 효과음을 두르고 있다.

마이마이

스카르고의 동생 엘프. 공격 마법 특화이며, 지금 세계에서는 궁정 마술사를 은퇴하고 왕립학원 학원장으로 취임했다. 오빠와는 자주 다투지만, 두 사람 모두 케나를 제일로 보는 점에서는 생각이 일치하고 있다.

카타츠

케나의 양자이자 3남매의 막내라는 설정의 드워프. 요새나 성, 던전 등의 건축물 작성 기술 특화. 스카르고, 마이마이와 비교하면 상식인.

리트

말레르의 딸로, 여관 일을 열심히 돕고 있다. 케나를 언니로 부르며 잘 따른다.

말레르

케나가 깨어났을 때 숙박 중이던 여관의 안주인. 케나에게는 두 번째 어머니 같은 존재가 됐다.

루카

유령선의 피해로 궤멸한 어촌의 생존자. 케나가 거두어서 변경 마을에서 함께 살게 되었다.

에리네

코볼트 상인. 상단을 이끄는 수완가로, 금전 감각이 없는 케나를 걱정해서 상거래의 기본을 가르치고, 케나의 모험가 실력에 의지하기도 한다.

록시느

케나의 메이드. 집안일과 루카의 시중을 담당하고 있다. 록시리우스와는 견원지간으로, 항상 티격태격하고 있다.

록시리우스

케나의 집사. 성실한 성격. 루카를 비롯한 마을 아이들에게 읽기, 쓰기, 계산 등을 가르치고 있다.

사이렌

오푸스의 소환 메이드. 문제아인 오푸스를 상대할 만큼의 담력이 있다.

오푸스

오페케텐슐트하이머크로스테트봄버

케나와는 게임 베타테스트 시절부터의 친구이자 동료. 태평한 마인족으로, 엄청난 바보. 하지만 사실은 책략가로서 〈리아데일의 공명〉이란 별명으로 불렸다.

지금까지의 줄거리

큰 사고를 당해 평생을 병원에서 지내야 했던 카가미 케이나는, VRMMORPG『리아데일』안에서만 삶을 만끽하고 있었다.

그러던 어느 날, 낙뢰로 생명 유지 장치가 오작동을 일으켰을 때 목숨을 잃고 만다.

다음에 눈을 떴을 때 주위에 펼쳐진 광경은 낯선 방 안이었다.

그리고 자기 모습이 게임 아바타인 하이엘프의 모습인 것을 깨닫고, 케이나는 당황한다.

깨우러 온 여관의 딸 리트와 그 어머니인 말레르에게 이야기를 들은 케이나는, 자신이 지금 있는 곳이 게임을 플레이하던 시절로부터 200년 후라는 사실에 경악한다.

그래도 서포트 AI인 키가 동행하고 있다는 사실에 든든함을 느끼며, 케이나는 아바타인 '케나'로서 이 세계에서 살아가기로 결심한다.

그래서 케나는 먼저 자신이 관리하는 수호자의 탑을 깨웠다.

수호자의 부탁으로, 휴면 상태에 빠진 다른 탑을 깨우는 것을 목표로 여행을 떠나기로 한 케나.

그러나 이 세계의 상식에 어둡다 보니, 변경 마을에서 만난 상단을 이끄는 코볼트(견인족) 에리네와 그 호위를 맡은 화염창 용병단 단장 아비타에게 의지하게 된다.

펠스케이로 왕도에 도착한 케나는 모험가 길드에 등록한 뒤 마주친 늙은 기사 아가이드와 그 손녀 론티의 의뢰로, 시내를 활보하는 소년을 붙잡는 일을 맡는다.

도망치던 소년은 성에서 탈주한 왕자였다. 이 일로 케나는 아가이드에게 보수를 받고, 귀족 후원자를 얻는다.

그리고 케나는 자식들을 만나러 가기로 한다. 자식들이란, 게임 시절 케나가 자식으로 설정했던 교회 대사제 스카르고, 왕립학원 학원장 마이마이, 그리고 조선소 소장 카타츠.

가까스로 카타츠와 재회한 케나는 이 세계에서의 첫 만남에 기뻐한다.

그리고 케나는 카타츠에게 모험가가 되었다고 보고하고, 무슨 일이 있으면 만나러 오겠다고 말한다.

카타츠는 스킬 【이심전심】으로 스카르고와 마이마이를 모아 케나가 왕도에 왔음을 알리고, 장남 스카르고의 폭주를 걱정하면서 마이마이와 함께 어머니를 위해 할 수 있는 일을 의논한다.

한편, 모험가 길드의 의뢰로 마이마이와 만나거나, 딸이 결혼했다는 사실을 알고 충격을 받거나 하면서, 케나는 왕도 생활에 적응해 나갔다.

그러던 어느 날, 길드의 의뢰로 투기장을 방문한 케나는 그곳이 수호자의 탑임을 알게 된다.

가슴 한껏 기대한 케나였지만, 연기 형상의 수호자에게 들은 건 먼 과거에 작별 인사를 남기고 스킬 마스터가 떠났다는 사실이었다.

세상에 혼자 남은 플레이어라는 사실에 충격을 받은 케나에게, 화려한 스킬 이펙트를 휘날리며 장남 스카르고가 달려왔다가 혼란 상태인 어머니(케나)의 주먹에 맞아 천장에 처박히고 만다.

견고한 결계에 틀어박힌 케나에게 속수무책인 마이마이와 카타츠는 스카르고를 회수해서 돌아갈 수밖에 없었다. 그 후, 전혀 다른 생각으로 폭주하기 시작한 스카르고는 제대로 화가 난 마이마이와 치열한 마법이 오가는 남매 싸움을 시작한다.

싸움에서 도망친 카타츠는 틀어박혀 있던 케나가 아무렇지 않은 얼굴로 포장마차에서 식사하는 모습을 목격한다. 그리고 자신들의 고생은 대체 뭐였냐며 머리를 감싼다.

이어서 남매 싸움을 수면제 하나로 수습한 케나는 자식들을 소홀히 대한 것을 사과한다. 세 남매는 웃으며 용서하고, 다시 가족으로서 사이좋게 지내자고 손을 맞잡는다.

그로부터 얼마 후, 케나는 에리네에게 상단 호위 의뢰를 받아 이번에는 북쪽 나라 헬슈펠로 출발한다. 배웅을 나온 마이마이에게 편지 배달을 부탁받고 흔쾌히 수락하지만, 그것이 훗날 케나 자신에게 큰 당혹감을 안겨줄 줄은 꿈에도 몰랐다.

도중에 들른 변경 마을에서는 지하 수맥에서 미아가 된 인어 미미리를 구조하고, 무너진 다리 대신 물 위를 걷는 마법으로 상단을 강 건너로 보내준다.

그다음 국경 요새에서는 서쪽에서 넘어온 도적들에게 '환영' 받지만, 용병단의 힘까지 더해서 이를 무난히 분쇄하고 헬슈펠에 도착한다.

헬슈펠에서는 마이마이가 맡긴 편지를 전하고자 '사카이 상회' 라는 가게를 방문한다. 편지의 수신인은 선대 사카이 상회의 주인 케이릭이었다.

그 케이릭은 놀랍게도 마이마이의 아들이자, 케나의 손자였다. 그 자리에서 사소한 의견 차이로 불만을 느낀 케나는 사카이 상회를 뛰쳐나간다.

이어서 국경에서 벌어진 사건을 조사하러 와 있던 여기사 케이리나 또한 손녀임이 판명되고, 케나의 혼란은 극에 달한다.

그 뒤로 모험가 길드에 가서 에리네에게 들은 수호자의 탑으로 보이는 건물의 위치가 도적의 세력권에 있다는 것을 알게 된 케나는 체면을 차리지 않고 케이릭에게 의지하기로 한다.

그리하여 최전선에 있는 요새에 도착한 직후, 록 골렘이 일행을 습격한다. 기사들은 자칫 전멸할 뻔했지만, 난입한 케나 덕분에 간신히 살았다.

케이리나에게 생색을 내 요새를 통과한 케나는, 문제의 탑 앞에서 도적 두목이 된 마인족 플레이어와 마주한다.

아직도 게임 속이라고 주장하는 마인족 플레이어를 압도한 케나는 이 세계가 현실임을 깨닫고 울부짖는 상대의 숨통을 끊으려 했다.

하지만 간발의 차로 케이리나가 이끄는 헬슈펠 기사단이 마인족 플레이어의 목숨을 살렸다. 케나는 싸움을 피하고, 그 신병을 기사단에 넘기기로 한다.

그때 플레이어의 능력치를 깎는 목걸이를 쓰는 것을 보고, 마인족 플레이어는 뒤늦게 케나가 스킬 마스터임을 깨닫는다.

다음으로 탑에서 부활시킨 수호자에게, 담당 스킬 마스터가 오푸스라는 말을 듣고 아연실색하는 케나.

케나는 과거 같은 길드 소속이자 악우였던 오푸스가 이 세계에 살아있을지도 모른다는 희망을 품는다.

그런데 그곳의 수호자가 맡긴 책 속에서 케나의 눈에만 보이는 요정이 나타나, 점점 더 오푸스를 이해할 수 없게 된다.

다시 펠스케이로로 귀환하던 도중에 이번에는 부서진 다리를 수리하던 카타츠와 합류하면서, 어머니와 아들은 힘을 합쳐 다리를 놓는다.

펠스케이로로 돌아온 케나는 모험가 길드 의뢰로 사냥을 나가려다 마주친 론티와 그 친구 마이와 동행하게 된다.

완전히 힘으로 밀어붙이는 케나의 사냥 방식에 론티와 마이는 시종일관 압도당할 수밖에 없었다.

그 무렵, 펠스케이로에서는 케나의 스킬을 모방하려 애쓰던

로프스가 실패한 폐기물을 쓰레기장에 버리려 하고 있었다.

불행히도 그 장소는 게임의 전쟁 이벤트 공략 포인트이자, 특수 아이템을 드롭하는 몬스터의 출현 장소이기도 했다.

기적적인 일치로 쓰레기 성분에 반응하면서 얼굴은 돌고래, 몸은 펭귄인 괴수가 출현한다.

그렇듯 큰 혼란에 빠진 펠스케이로 시내를 두 명의 플레이어가 질주한다.

기이하게도 게임 시절 같은 길드에 있었던 플레이어, 샤이닝세이버와 코랄은 사건 직전에 우연히 재회한 참이었다.

두 사람은 급이 높은 괴수에게 스킬을 퍼붓지만, 예상치 못한 반격에 중상을 입고 만다.

이어서 나라의 마법사단이 반격을 개시하지만, 괴수는 아랑곳하지 않았다.

한편, 육감이 아닌 요정의 예감으로 이변을 감지한 케나는 도시 밖에서 이에 대처한다.

앞뒤 안 가리는 케나의 마법 화력으로, 괴수는 불기둥이 되어 소멸하고 만다.

사건 후, 얼굴을 마주한 샤이닝세이버와 코랄에게서 케나는 게임 서비스 종료 때까지의 비하인드 스토리를 듣게 된다.

그리고 코랄에게서 펠스케이로 근해에 가라앉은 수호자의 탑 정보를 얻었다. 정보의 대가는 스킬 양도였다.

일단 변경 마을로 돌아온 케나는 마을에 정착하는 게 어떻겠냐는 제안에 마음이 끌려, 촌장과 협상한다.

그러는 한편, 마을에 와 있던 오우타로퀘스에서 온 조사단을 만난다.

그때 조사단의 호위로 동행했던 모험가 남매 중 여동생이 케나에게 시비를 걸지만, 간단히 제압당한다.

동생 클로피아의 패배를 본 오빠 클로프는 태도를 싹 바꾸고, 오우타로퀘스의 사자로서 케나 앞에 무릎을 꿇는다.

클로프는 오우타로퀘스의 여왕이 케나의 조카라고 털어놓았다.

여왕 사하라셰드는 과거 하이엘프 커뮤니티에서 케나가 동생처럼 대한 여자 플레이어 사하나의 양녀였다. 케나는 클로프의 권유를 거절하지만, 만나는 관계자들이 전부 나라의 핵심 인물이라는 사실에 전율한다.

다시 펠스케이로로 돌아온 케나는 도적 잔당 소탕에 나서는 기사단에 동행하는데, 샤이닝세이버와 너무 친근하게 노는 바람에 두 사람은 기사들에게 연인 사이로 오해받는다.

이동 중에 무언가에게 습격당하는 해프닝을 극복하고 기사단과 헤어진 케나는, 수상한 안개에 휩싸인 어촌에 발을 들여놓는다.

그리고 좀비가 배회하는 불온한 어촌 안을 탐색하다가, 조사를 위해 방문한 모험가 쿠올케와 마주친다.

마을 지하 창고에서 살아남은 소녀를 보호하고 있던 건, 낮의은 두 사람이었다.

이전에 케나가 헬슈펠 모험가 길드에서 길을 물었던 적이 있는 두 사람은 게임 플레이어로 판명된다.

그중 한 명인 드래고이드(용인족)는, 과거 케나가 속했던 게임 속 길드의 동료였다. 부캐 '엑시즈' 의 정체는 길드의 양심 포지션이었던 타르타로스다.

세 사람은 오랜만의 회포를 풀면서도 소녀를 지키기 위해 행동을 개시한다.

케나는 소녀를 지키고자 집사 록시리우스를 소환한다.

플레이어 능력을 해방한 세 사람의 힘 앞에, 유령선과 그 부하들은 허무하게 스러진다.

결국 스킬 마스터 No.5의 수호자의 탑인 용궁을 해방한 케나는 의지할 곳이 없어진 소녀, 루카를 맡기로 한다.

그리하여 새로이 메이드 록시느를 소환하고, 루카를 데리고 변경 마을로 이주한다.

마을 생활이 시작되고, 케나는 이전에 리트와 했던 약속을 지킨다. 그건 소환수를 이용한 공중 산책이었다.

그러던 중 케나는 마물들을 물리치고, 위기에 빠졌던 아비타와 화염창 용병단을 구출했다.

또한 매직 아이템으로 퀘스트의 적이 마을 근처에 잠복해 있는 것을 감지한 케나는 아비타 일행과 함께 격파한다.

그러나 같은 시각, 마을 아이들끼리 마을을 빠져나가는 사고가 발생했다.

꽃밭에서 마물에게 포위된 아이들을 구한 건, 케나가 루카에게 주었던 부적에서 출현한 화이트 드래곤이었다.

마물을 물리치고 숲에 깊은 상흔을 새긴 브레스 공격의 여파를 느낀 케나는 서둘러 마을로 되돌아와 아이들이 무사한지 확인한다.

그로부터 얼마 후, 생필품을 구하러 사카이 상회로 향한 케나는 모험가 길드의 의뢰로 찾아온 코랄 파티를 증손자인 이즈쿠에게 소개한다.

국경에서 회담이 있다는 정보를 케이릭에게 받은 케나가 마을로 돌아오자, 아들 스카르고와 만난다. 그는 왕의 대리인 자격으로 회담에 참석하고자 왔다고 했다.

그리고 케나는 록시리우스와 함께 마을의 방비를 강화한다. 그 힘은 플레이어조차도 순식간에 해치울 정도였다.

다음에 케나는 사회 견학을 위해 루카와 리트를 데리고 펠스케이로로 향한다. 골렘으로 개조한 포장마차에 록시느와 함께 타, 에리네의 상단에 동행한다.

하지만 그 골렘 포장마차의 희귀함이 성가신 귀족의 눈에 띄어, 남몰래 표적이 되었다는 경고를 에리네에게 받는다.

그런 상황 속에서 도착한 펠스케이로에서는 강 축제라는 행사가 한창이었다.

하지만 에지드 강에서 정체불명의 큰 그림자가 목격된 탓에,

본 축제는 열리지 못한 채로 도시에는 당혹스러운 분위기가 흐르고 있었다.

케나는 모험가 길드의 의뢰로 큰 그림자를 제거하고자 행동을 개시한다.

에리네의 상회를 통해 집을 빌려 자리를 잡은 케나는 아이들을 록시느와 소환수에게 맡기고 강을 조사하러 나선다.

그 무렵, 암흑가의 조직이 귀족의 의뢰를 받아 케나의 관계자를 납치하고자 움직이기 시작했다. 하지만 아이들을 지키는 록시느 앞에 차례차례 분쇄되고 만다.

아지트로 도망쳐 돌아온 그들을 기다리고 있던 건, 또 다른 경로로 보내진 무시무시한 악마들이었다. 공포와 폭력에 노출된 그들은 속수무책으로 흉측한 장식물로 변해버린다.

그것이 무시무시한 악마의 이름과 함께 기사단에 발견되어, 기사들의 경계심을 고조시킨다.

케나는 자신을 부른 투기장 수호자를 찾아가고, 거기서 지금 일어나고 있는 불길한 그림자 사건의 범인을 알게 된다.

놀랍게도 그건 수호자의 반지의 반응을 따라 바다에서 강을 거슬러 올라온 이동형 수호자의 탑이었다. 거대 대왕고래 형태의 수호자의 탑과 마주한 케나는, 탑을 펠스케이로에 머물게 하고자 터무니없는 작전을 짠다.

인맥을 이용해 기사단과 왕녀에게 연락해 협력을 요청하고, 한바탕 연극을 벌이는 케나.

연극은 대성공으로 끝나고, 대왕고래 수호자의 탑은 신의 사자로서 중간섬 상류에 머물게 된다.

걱정거리가 사라진 펠스케이로에서는 강 축제가 열리고, 도시는 초거대급 활기에 휩싸인다.

거기서 아이들과 축제를 만끽하던 케나였지만, 학원에 들렀을 때 귀족 도련님에게 시비가 걸리고 만다.

하지만 마법직 한계 돌파 스킬 마스터에게 보통 사람이 당해낼 리 없고, 새끼 고양이처럼 쫓겨나고 만다.

그날 밤, 축제의 여운도 채 가시지 않은 가운데, 케나를 건드리려고 했던 귀족은 무시무시한 마족을 이끄는 마인족에게 습격당해, 동전 던지기로 최후가 결정되고 만다.

한편, 케나는 건축용 목재를 구매한 것에 대한 감사를 표하고자, 카타츠를 만나러 중간섬의 공방을 방문했다.

그리고 아이들이 공방 견학을 가서 시간이 남은 케나는 낚시를 시작한다. 이것이 연이은 월척으로 이어져, 최종적으로는 키메라 같은 마수까지 낚아 올린다.

케나는 이를 무난하게 해치우지만, 레어 광석이 떨어진 것을 보고 키메라 같은 마수도 어딘가의 이벤트 몬스터였음을 알게 된다.

돌아오는 길에 코랄과 스카르고를 만나고, 케나는 변경 마을로 귀환한다.

하지만 마중 나온 록시리우스는 무릎을 꿇고 한 장의 메모를 들고 있었다. 거기에는 딱 한마디, '이름을 붙여라' 라고만 쓰여 있었다.

그 대상이 요정임을 이해한 케나는, '쿠' 라는 이름을 붙여준다. 키의 여동생 같은 느낌으로.

케나는 쿠를 마을 사람들에게 소개하지만, 마을 사람들은 요정이 본 사람에게 행운을 가져다주는 존재임을 알고 곤혹스러운 반응을 보였다.

케이릭에게 납품하는 마도구 건으로 불려간 케나는, 그와 이즈쿠에게 쿠를 소개하고 편의를 봐주는 대신 의뢰를 받는다.

그 와중에 샤이닝세이버로부터 온 플레이어 간 긴급 통신으로, 펠스케이로가 마물에게 습격당하고 있다는 소식을 듣고 황급히 달려 나간다.

급히 달려간 펠스케이로의 동문에서 공룡 시리즈의 몬스터 '프테라' 에 농락당하던 병사들을 구하고 이를 분쇄한 뒤, 피난을 권고하고 적 본진을 부수러 향한다.

가차 없는 실력을 발휘하여 침공하려던 마물들을 섬멸한 케나는, '크림슨 피그' 피짱을 앞세워 별동대가 들이닥치는 서문을 지원하러 갔다.

같은 시각, 남쪽 나라 오우타로퀘스에서는 관광 명소였던 거대 땅거북이 폭주하여, 왕성을 향하는 경로를 취하고 있었다.

이에 기사와 모험가들이 동원되어, 거북이의 진로를 바꾸기 위해 등딱지 위에 사는 인물과 접촉하는 작전이 세워진다. 그때

의뢰로 방문했던 쿠올케와 엑시즈도 사건에 휘말리게 된다.

두 사람이 현지에서 우연히 함께하게 된 드워프, 스킬 마스터로 판명된 '은귀'라는 이름의 노인과 함께 등딱지 위의 건물로 돌입해 보니, 그 안은 방송국 촬영장 같은 곳이었다.

일행은 그 퀴즈 프로그램 세트에서 양아치 같은 불상 수호자에게 퀴즈 도전자로 인식되고, 얼떨결에 시련이 시작된다.

도중에 쿠올케가 탈락했지만, 엑시즈와 은귀가 시간 내에 합격해서 거대 땅거북은 오우타로퀘스의 왕성 바로 앞에서 움직임을 멈춘다.

한편, 마물 무리에 의해 습격당하고 있는 펠스케이로에서는 특수한 마물에 의해 기사단이 조종당해 모험가와 대치하는 사고가 발생했다.

하지만 기사들의 오만한 태도에 모험가들 역시 불만이 쌓여 있었기에, 참가 중이던 아비타의 부추김에 넘어가 평소의 원한을 기사들에게 부딪쳐 무력화한다.

그곳에 피짱과 함께 난입한 케나는, 무리를 이끌던 마물을 섬멸한다.

그 뒤로 전장 후방에 있던 스카르고와 상담하는 자리를 마련했지만, 어째서인지 그 자리에 왕족이 동석하게 되어 케나는 당황한다.

왕과 왕비는 자식들이 신세를 진 것과 왕도를 지키는 데 힘을 보탠 케나에게 고마워한다.

그 자리에서 케나는 오푸스의 행방을 알아보고자 쿠의 기억에 있던 밤의 신전에 대해 스키르고에게 묻지만, 유력한 정보는 얻지 못했다.

하지만 그건 케나의 기억에 있던 사소한 착각으로, 오푸스의 거처는 간단히 판명된다. 그곳은 과거에 오푸스와 함께 만든, 초보 플레이어를 골탕 먹이는 던전이었다.

현재 그 장소는 오우타로퀘스에 있으며, 던전을 공략하기 위한 마을이 생겼다는 사실을 알고 놀라는 케나.

오우타로퀘스로 향한 케나가 만난 건, 이전에 변경 마을을 방문했던 클로프와 클로피아, 워캣(묘인족) 남매였다.

어쩌다 보니 그들도 동행하게 되어, 쿠를 포함한 네 사람은 던전에 돌입한다.

그리고 이동 중 오빠에게 케나가 자신이 경애하는 여왕의 이모라는 사실을 알게 된 클로피아는 태도를 180도 바꾸더니, 이어서 죄책감을 못 이기고 스스로 함정에 빠지려 한다.

그런 클로피아를 구하려 억지로 던전 바닥을 뚫고 내려간 케나는 마침내 최하층에 도달한다.

마침내 중간 보스급 악마와 대치하게 되지만, 전투 도중 트라우마를 건드린 악마의 말에 격분한 케나는 【엑스트라 스킬】의 다중 사용으로 악마를 쓰러뜨린다.

그리고 케나는 마침내 최하층에 있는 오푸스와 오랜만에 대면한다. 하지만 너무나도 막장인 오푸스의 태도에 폭발한다.

그리하여 자신이 가진 최대 위력의 공격으로 쿠와 함께 오푸스에게 덤벼드는 케나.

하지만 이전에 사용한【엑스트라 스킬】로 MP가 고갈되고 약화된 케나는, 역으로 오푸스에게 구조된다.

그 오푸스는 던전 마을 한쪽에 만든 은신처로 케나와 클로프 일행과 함께 이동하더니, 메이드 엘프 사이렌에게 케나의 간호를 부탁하고 어딘가로 나가버린다.

오푸스가 몰래 만난 건 던전 마을에서 도구점을 운영하는 전 플레이어였다.

언젠가 반드시 협력하겠다는 약속을 나누고, 두 사람은 헤어진다.

그 뒤로 마차로 천천히 변경 마을로 돌아오가던 도중, 케나는 오푸스에게서 충격적인 이야기를 몇 가지 듣게 된다.

VRMMO 리아데일이 케이나만을 위해 만들어졌다는 것.

케나가 이 세계에 온 건 육체가 사라진 직후이며, 여관에 던져지기까지는 던전 안에서 200년이나 잠들어 있었다는 것.

그동안 케나의 영혼에 게임 시스템이 설치되었다는 것.

쿠가 사실은 게임의 서브 시스템을 담당하고 있다는 것 등이다.

덧붙여 키와 오푸스가 의외로 사이좋아 보이는 것을 깨닫고 의아해하지만, 적당히 얼버무려진다.

그 무렵, 헬슈펠에서는 광산에서 노역 중인 도적 두목 플레이어에게 케이리나가 병사가 되길 권하고 있었다.

마침내 변경 마을로 돌아온 게나는 오푸스와 사이렌을 록시즈(록시리우스&록시느)와 루카에게 소개한다.

사이렌은 싸움만 하고 일을 똑바로 하지 않는다며 록시즈에게 벌을 주고, 케나 가문의 메이드장 자리에 앉는다.

마을에서는 오푸스의 환영회가 열리고, 오푸스와 케나는 마을 사람들의 술안주 취급을 받는다.

그다음 날, 케나는 오푸스로부터 게임 세계에서 현재의 세계에 이르게 된 사실을 알게 된다.

그 뒤로 케나는 루카와 함께 오푸스의 탑으로 날아간다.

그때 게임 시스템의 혜택으로 현지인인 루카와도 파티를 맺을 수 있음을 확인한다.

헬슈펠에 들른 케나 일행은 사이렌으로부터 마을에 헬슈펠 기사가 와 있다는 연락을 받는다.

여관에서는 에리네, 아비타와 재회해 오푸스를 소개했다.

케나는 왕성으로 향하지만, 오푸스는 루카와 쿠를 데리고 모험가 길드로 향하고, 그곳에서 쿠올케와 엑시즈를 만나 옛날처럼 엑시즈를 놀린다.

성에 간 케나는 케이리나의 안내로 기사단으로 안내받고, 그곳에서 과거 도적 두목이었던 플레이어를 병사로 채용했다는 이야기를 듣는다.

그리고 케나를 부른 이유는 【징벌의 목걸이】를 풀어서 그가 온전한 활동을 할 수 있게 하기 위함이라고 한다.

그리하여 도적 두목이었던 마인족 플레이어, 코이로그의 목걸이를 풀어주고 복수심을 담아 실컷 놀려준 케나는 에리네의 상단과 함께 헬슈펠을 떠난다.

그 과정에서 투기제 이야기를 들은 케나는 원거리를 연결하는 마도구로 그 광경을 볼 수 없을까 하고 오푸스에게 상담하지만, 그 편리한 도구가 있던 길드 거점은 게임 마지막 날에 폭파되었다는 경악스러운 사실을 알게 된다.

케나와 오푸스가 각자의 종자들과 함께 변경 마을에서 평온한 한때를 즐기던 어느 날, 케나는 【쌍둥이 눈】이라는 한쪽 눈알이 본 광경을 다른 눈알의 소유자에게 보여주는 아이템을 업그레이드 해서 더 많은 마을 사람에게 먼 곳의 풍경과 소리를 전해주려 마음먹는다.

케나는 【쌍둥이 눈】의 영상을 대형 화면에 비추고 음성까지 더할 수 있는 전용 옵션 아이템 '받침대' 를 입수하고자 각 수호자의 탑에 있는 아이템 박스를 뒤지러 간다.

그렇게 수호자의 탑을 순회하던 도중, 케나는 비로소 이동형 수호자의 탑인 거대 땅거북에 발생한 이변을 눈치챘다.

놀랍게도 거대 땅거북이 오우타로퀘스 왕도까지 코앞까지 다가와 있었던 것이다.

케나가 땅거북을 옮기려고 시행착오를 겪던 중, 왕성에서 케나의 의자매의 양녀 사하라셰드가 날아와 200년 만에 재회를 이룬다. 그리고 최종적으로 거대 땅거북은 케나와 오푸스의 합체 기술로 던전 마을로 이동시키는 데 성공한다.

마침내 거대 땅거북 문제가 해결되고, 【쌍둥이 눈】의 업그레이드도 완료되었다.

그 후, 케나는 스카르고와 잡담하던 중 투기제라는 행사가 개최된다는 것을 알게 된다.

그리고 그때 케나가 느낀 불길한 예감대로, 오푸스는 출전을 결정한 상태라 불안만 커진다.

케나는 모험가 길드의 의뢰로 행실이 나쁜 플레이어의 대회 출전을 막고, 무사히(?) 개최되는 투기제.

그러나 플레이어인 샤이닝세이버와 코랄이 각각 케나에게서 받은 최강 클래스의 검으로 맞붙은 결과, 그 여파로 투기장이 파괴되고 투기제 행사는 엉망이 되고 만다.

그때 게임 시절부터 오푸스에게 원한이 있던 청년이 소환수를 데리고 오푸스에게 덤벼들지만, 사실 케나가 만든 소환수들은 청년의 명령을 듣지 않고, 오푸스에 대한 복수는 실패로 끝난다.

그리고 투기제를 대신하는 임시 축제가 열린 후, 왕도는 다시 평화를 되찾는다——.

리아데일의 대지에서

WORLD OF LEADALE

프롤로그

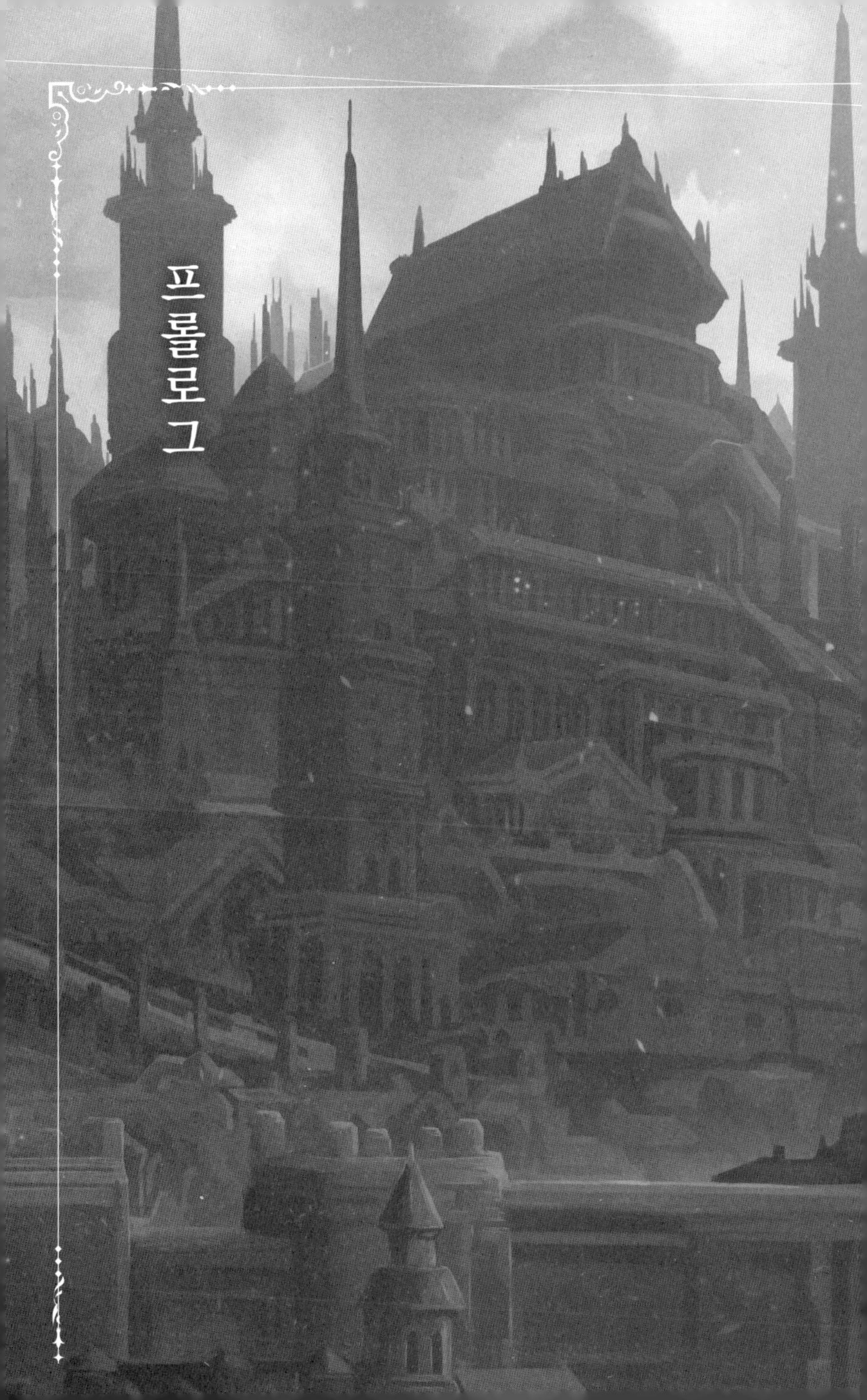

"허. 설마 자네가 요전번 사건을 뒤에서 조종했을 줄이야."

"스킬 마스터라면 누구라도 할 수 있지 않나? 그건 내가 확보한 것이 빨랐을 뿐이야."

하늘에 떠 있는 외딴섬.

그곳에 서 있는 건 1층짜리 낡은 일본 무가 저택이다.

울타리로 둘러싸였고, 안뜰에는 작은 텃밭이 있다.

처마 밑에는 있는 화분에는 나팔꽃이 싱그럽게 피고, 꽈리가 붉은 열매를 맺고 있었다.

앞쪽에서 눈에 띄는 건 만개한 벚나무.

하지만 뒷마당에 가지와 잎을 크게 펼친 감나무에는 탐스럽게 익은 주황색 열매가 주렁주렁 열려 있었다.

텃밭에서는 오이나 토마토 같은 여름 채소가 싱싱하게 자라고 있다.

이 안뜰을 얼핏 봐서는 지금 계절이 뭔지 누구나 고개를 갸웃거릴 광경일 것이다.

저택 툇마루에서, 오푸스는 드워프 노인과 술을 주고받고 있었다.

노인이라고는 해도 알맹이만 그럴 뿐, 나이로 치면 드워프의 카테고리 안에서는 어린 축에 들어간다.

그러면서도 외견은 강긴하고 수염이 덥수룩하다.

덤으로 험상궂은 얼굴이라, 다른 종족이 그 실제 나이를 알아맞히기는 어렵다.

그는 스킬 마스터 No.12인 은귀.

공중 정원이라고도 해야 할 이 외딴섬은 그가 관리하는 수호자의 탑이다.

섬이라고는 해도 별로 크지는 않고, 아담한 저택과 작은 마당이 있는 정도.

그것들을 둘러싼 울타리가 깎아지른 듯한 절벽 위 섬에 얹혀 있을 뿐이다.

두 사람이 앉은 저택 툇마루에는 붉은 목걸이를 찬 하얀 고양이가 드러눕고, 쨍쨍 내리쬐는 햇빛을 쬐며 기지개를 쭉 켜고 하품을 크게 하고 있었다.

이 하얀 고양이가 이 공중 정원의 탑 수호자다.

자그마한 하얀 고양이의 모습에 누구라도 경계심을 풀겠지만, 이곳에서는 사람의 말을 구사하며, 그 누구도 해칠 수 없는 무적의 존재다.

무단으로 텃밭의 채소를 훔치려 했다가는, 팔을 한 번 휘둘러 섬에서 날려버릴 것이다.

그리고 오푸스와 은귀 말고도 이곳에는 두 명의 여성이 더 있었다.

한 명은 텃밭에 물뿌리개로 물을 주고 있는 마인족 여성이다. 적갈색 머리에 종족을 상징하는 뿔은 귀 위에 조그맣게 있을 정도로 짧다.

다리를 다 가리는 갈색 로브를 몸에 걸치고, 텃밭을 돌보면서 때때로 은귀와 오푸스를 힐끗 보고 있다.

시선이 마주칠 듯 말 듯 한 순간에 싹 피하지만, 오푸스가 신경 쓰이는 건 아닌 듯하다.

다른 한 명은 저택 안과 툇마루를 오가며 오푸스와 은귀에게 술안주를 대령하는 기모노 차림의 엘프 여성이다.

색소가 옅은 은색 머리에 연한 하늘색 기모노가 잘 어울린다.

몸가짐은 청량감이 감도는 샘물 같다.

"부디 편히 계십시오, 오푸스 님."

"음, 고맙군."

쟁반을 들고 우아하게 인사하는 엘프 여성은 몸가짐이 흠잡을 데 없고, 마인족을 상대로도 혐오감을 전혀 드러내지 않는다.

만족스럽게 고개를 끄덕이는 오푸스에게, 은귀가 자랑스럽게 말한다.

"어떤가, 내 동생은. 아름답지, 넋을 잃겠지, 응?"

"어머, 오라버니도 참."

기모노 소매로 입가를 가리며 까르르 웃는 엘프 여성은 다름 아닌 은귀의 여동생이다.

사실은 여동생 설정으로 작성한 양녀 캐릭터 중 한 명이다.

그건 텃밭을 돌보고 있는 마인족 여성도 마찬가지로, 은귀와 마찬가지로 자매를 칭찬받은 것이 기쁜 듯 고개를 연신 끄덕이고 있었다.

다만 그런 분위기 속에서, 오푸스만이 시큰둥한 표정으로, 눈을 흘긴 채 침묵하고 있었다.

"……세계가 바뀌어도 자네는 변함이 없군."

오푸스가 겨우 쥐어짜 중얼거린 말에, 은귀는 씩 웃으며 엄지를 치켜세운다.

"젊은 아이들 사이에서 사는 것이 젊음의 비결이니까."

"칭찬한 게 아닌데……."

이토록 오푸스를 어이없게 만드는 사람도, 스킬 마스터 중에서는 은귀 정도다.

하지만 은귀의 웃음도 그때까지였다.

심각한 듯 미간을 찌푸리고는, 잔을 기울이며 "꼭 해야만 하는 겐가?" 하고 오푸스에게 묻는다.

"내버려두면 결계를 뚫고 '어둠의 유산' 이 나올 테니까."

마주 보는 오푸스의 얼굴은 무표정과는 다르게 진지하다. 농담이나 변명 없이, 오푸스로선 이 문제를 피해서 갈 수 없다.

"이 세계에 현존하는 플레이어는 대충 파악했다. 이제는 얼마나 많이 참가해 줄지가 문제겠지."

"흐음. 이젠 죽으면 부활할 수 없는 몸이니 말이야. 목숨이 아까운 자가 많겠지."

"최악의 경우 나와 그 녀석, 그리고 부를 수 있는 소환수를 총동원하는 수밖에 없겠지."

"그것도 최악의 수단 같구먼……."

은귀는 심각한 이야기라고 판단해 자리를 뜨려던 여동생에게 말을 걸었다.

"루페이시."

"네. 무슨 일이신가요, 오라버님?"

루페이시라고 불린 엘프 여성은, 뒤돌아보며 은귀의 말에 귀를 기울인다.

"흠. 모두를 모으려면 시간이 얼마나 걸릴 것 같으냐?"

"모두를, 말인가요? 말씀드리기 송구하지만, 오라버니. 저희를 모은다면, 무슨 전쟁이라도 하실 건가요?"

"뭐…… 예비 병력 같은 거다. 기본은 후방 지원이고. 만일의 경우에는 나서 주면 도움이 되겠지."

은귀가 시선만으로 그래도 되는지 묻자, 오푸스는 마음대로 하라는 듯 고개를 끄덕여 긍정했다.

정신 구조가 비슷한 숙련자인 두 사람은 친구 같은 사이로, 이처럼 말을 안 하고 대화하는 재주가 있다. 약간의 뉘앙스 차이는 있겠지만.

하지만 은귀도 확실한 사태를 상정하고 있는 건 아니다. 여동생들을 불확실한 싸움에 휘말리게 하고 싶은 건 아니었다.

대화를 듣고 있던 마인족 여성도, 텃밭을 돌보던 것을 멈추고 종종걸음으로 다가온다.

"오라버니, 전쟁하는 거야?"

"그러니까 후방 지원이라고 말했지 않느냐. 무척 기뻐 보이는구나, 유니오?"

초롱초롱한 눈으로 은귀를 바라보는, 유니오라고 불린 마인족 여성.

다소 아이 같은 언동에는 기대감이 담겨 있었다.

"오랜만에 공격 마법을 콰광, 쿠쿠쿵 하고 싶어서."

"어쩐지 케나와 통하는 구석이 있는 말투로군."

손을 번쩍 들고 기뻐하는 유니오의 모습에서 기시감이 든 오푸스가 중얼거린다.

그러자 갑자기 유니오가 시선을 딱 고정해서, 오푸스는 오한이 들었다.

순수한 눈에 내포된 광기와 열기에 주춤거리는 오푸스.

"케나 님 있어? 어디? 만날 수 있어? 만날래, 만나게 해 줘!"

사사삭 다가오는 유니오. 눈도 깜빡이지 않는 황금색 눈동자가 어째서인지 몹시 무섭다.

그 박력에 의문을 느끼고, 집착심의 원인으로 짐작이 가는 바가 있는 오푸스는 옆에 있던 은귀를 노려보았다.

"어이, 은귀. 이 양자 캐릭터 설정은 어떻게 된 거지?"

"아아, 죄송합니다, 오푸스 님. 그 아이는 케나 님을 동경하고 있답니다."

"……그래서인가."

루페이시가 오빠를 대신해 동생의 사정을 이야기하자, 오푸스는 확신한 얼굴로 고개를 끄덕였다.

오푸스에게 접근한 유니오는 루페이시가 익숙한 손길로 뒷덜미를 잡아서 떼어냈다.

"오라버님. 모두를 집합시킬 경우, 최소한 열흘 정도는 필요할 거예요."

"그런가. 그렇다면 잘 부탁하마."

"네, 알겠습니다."

루페이시는 광기 어린 미소를 짓는 유니오를 달래고, 같이 손을 잡고 툇마루에 드러누운 하얀 고양이에게 다가갔다.

한두 마디 전하자, 두 사람은 수호자의 힘으로 밖으로 보내져 모습을 감췄다.

그것을 지켜본 은귀는 만족스럽게 고개를 끄덕였지만, 오푸스는 어이없다는 얼굴이었다.

"자네, 저 아이의 플레이버 텍스트에 '케나를 동경한다' 거나, 그와 비슷한 것을 썼나 보군. 그렇지 않고서야 저렇게 집착할 리가 없으니."

"미안하이. 많이 만드는데 아무것도 안 쓸 수는 없었으니 말이야. 실질적인 피해는 거의 없겠지."

"뭐, 내가 피해를 볼 일도 아니니 상관없지만."

이 자리에 케나가 있었다면 『조금은 따지라고오오오옷!!』하고 절규했을 것이다.

나중에 곤린해질 건 자신들이 아니므로, 두 사람은 이 문제를 무시하기로 했다.

아무튼, 이야기의 초점은 다른 곳에 있다.

"이걸로 적어도 우리 진영은 23명이 되었네. 조금은 나아졌지?"

"참가해 주는 건 고맙네만. 자네 여동생이 아직 스무 명이나 남아 있었나……."

"나로선 장명종을 더 넣어야 했다고 후회하고 있네만."

호탕하게 껄껄 웃기 시작한 은귀와 대조적으로, 오푸스는 벌레라도 먹은 것처럼 인상을 썼다.

리아데일의 대지에서

WORLD OF LEADALE

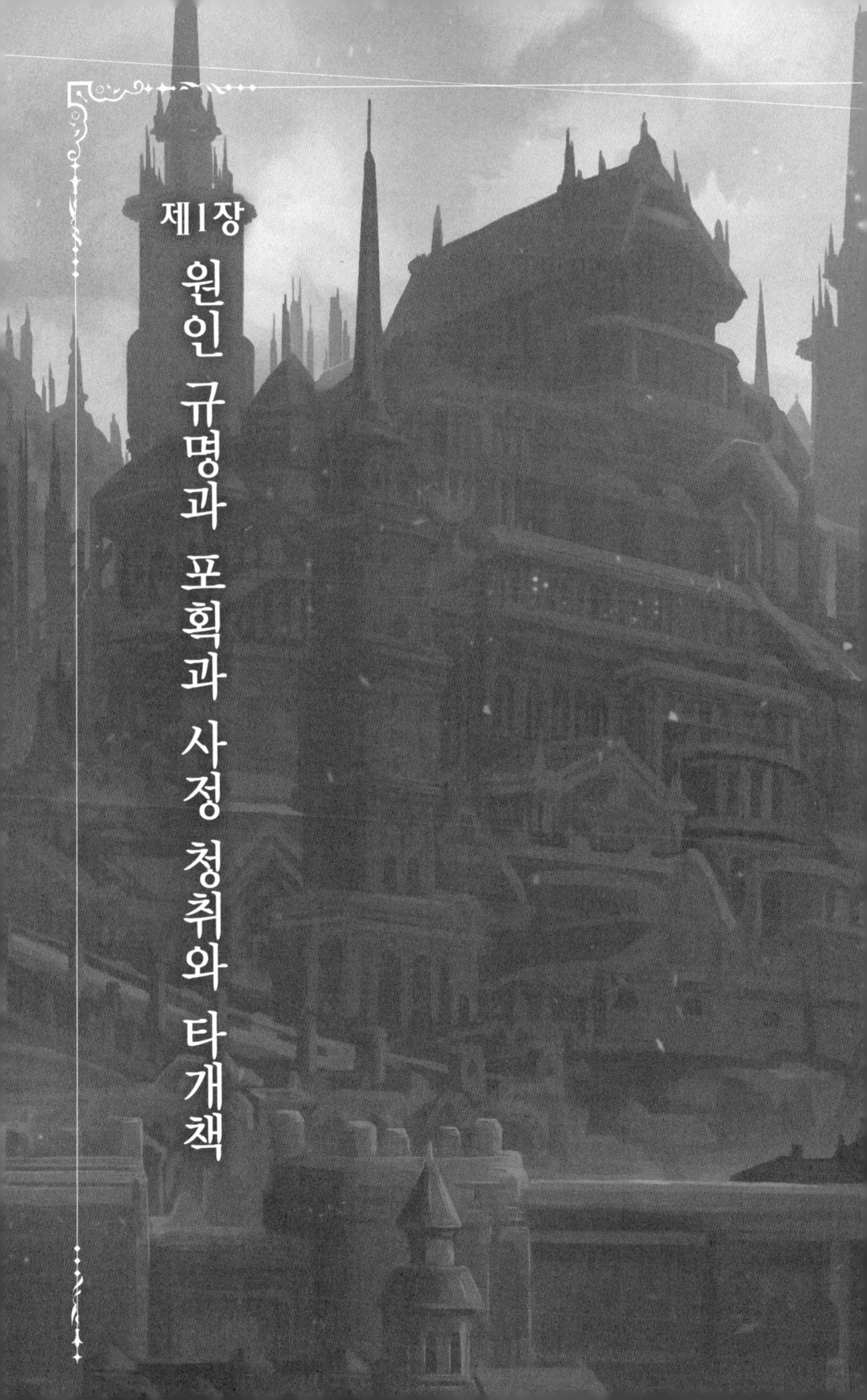

제1장 원인 규명과 포획과 사정 청취와 타개책

펠스케이로 왕도 한쪽에 있는 어느 술집의 안쪽. 통째로 빌린 방에서 두 남자가 완전히 지친 얼굴로 테이블에 엎드려 있었다.

"젠장, 일이 이렇게 될 줄이야……."

"결과적으로 폐하께는 혼나고, 진짜 끔찍했어……."

"갑자기 데리고 와서는, 갑자기 절망하지 마. 뭐가 뭔지 모르겠잖아!"

샤이닝세이버와 코랄의 맞은편에 앉은 케나가, 팔짱을 끼고 성질을 냈다.

엉망진창으로 끝난 투기제 후, 주체할 수 없는 관객들의 불만을 해소하고자 개최되었던 왕도 전체의 축제가 끝나고 며칠이 지났다.

이래저래 엉망진창이었던 뒤처리를 마친 샤이닝세이버와 코랄이 케나를 불러내 이 술집으로 끌고 온 것이 조금 전 일이다.

왕도 식당에서 중상급으로 분류되는 이 술집은, 모험가라면 큰일을 완수한 뒤 뒤풀이를 하는 장소로 인기가 있는 듯하다.

때때로 몰래 시정 나들이를 나온 귀족이나 왕족, 거상으로 불리는 일부 성공한 자들이 드나드는 장소로서 나름대로 유명한 곳이다.

굳이 말하자면 에리네 등이 빈번하게 이용해도 이상하지는 않지만, 에리네의 경우에는 등급이 두 단계 정도 더 떨어지는 곳만 이용한다.

더 말하자면 샤이닝세이버도 기사단장 취임 때의 흥청망청 술판 때만 이용해서, 발을 들이는 건 두 번째 정도라고 한다.

코랄은 중견 모험가로 활동하고 있지만, 주머니 사정을 고려해서 별로 얼씬하지 않는 장소였다.

"발을 들이는 게 이런 기회라니……."

"먼 산 보지 말라고!"

"상황이 최악이야. 결과가 엉망진창이었던 것에 비해, 소문이 퍼지는 속도가 심상치 않아."

"나도 들었는걸. 어디 보자."

"말하지 마! 말하지 말라고!"

"『흑은의 기사』에 『지고의 검사』, 뭐 이런 거?"

"으아아아아아아아아악?!"

최근 왕도에서 도는 소문의 중심에는 두 인물이 있다. 지금 케나가 입에 담은 것이 두 사람에게 붙은 이명이었다.

뭐, 투기제에서 폭주(?)했다고 하는 샤이닝세이버와 코랄을 말하는 거다. 그 이명은 두 사람이 머리를 붙잡고 뒹굴 정도로 충격적인 일인 듯하다.

"내 고뇌를 조금은 알겠지?"

"아, 아아……."

"너무 잘 알게 되었어……."

당시 게임에서 널리 퍼졌던 〈은색 고리의 마녀〉. 케나의 이명이자 칭호다. 플레이어 사이에 퍼지고, 인지도에 맞춰 스테이터스에 칭호로서 새겨지고 말았다.

그런 점에서 두 사람의 이명은 왕도 전체에 퍼졌다고는 해도, 당시 플레이어 인구에 한참 미치지 못한다.

케나의 영혼에 내장된 시스템도 그것을 칭호로서 두 사람의 스테이터스에 기록하지는 않는 듯하다.

혹시 몰라 스테이터스 창을 확인해 달라고 했으니 틀림없다.

뭐, 그것도 시스템이 주민을 플레이어 범주로 인식하고 있을 경우의 이야기지만. 그 부분은 케나가 의식해서 조작할 수 없는 부분이라, 방관할 수밖에 없는 것이 답답한 점이다.

"어째서 내가 지고인 거냐고……."

어깨를 늘어뜨린 코랄의 중얼거림에, "으음." 하고 팔짱을 낀 케나의 생각은 '뭐랄까, 가지고 있던 검과 연관 지어 붙여진 것 같다' 라는 것이었다.

코랄이 가지고 있는 검은 성전사(발할라)의 혼. 이건 칼날이 빛나는 은색인데, 투기제 중에는 관객들에게 새하얗게 보였던 것 같다.

거기서 유래한 것이 코랄에게 붙여진 『지고의 검사』 호칭일 것이다.

이미 모험가 길드는 검 이야기로 떠들썩하고, 그 폭풍 같았던 강풍도 검의 효과가 아니냐는 식의 소문도 돌고 있다고 한다.

그리고 샤이닝세이버에게 건네준 추종의(럼버잭) 검 말인데, 이쪽은 칼날이 먹물을 떨어뜨린 것처럼 까맣다.

그리고 샤이닝세이버 자신은 그 색깔과는 전혀 다른 은색 드래고이드이므로, 두 가지를 섞은 결과 『흑은의 기사』가 된 것으로 보인다.

어째서인지 기사단원들에게는 호평이라, 그들은 자신들의 대장에게 이명이 붙은 것이 기뻐서 어쩔 줄 모르는 듯하다.

정작 본인은 '대장' 호칭이 '흑은의 기사님' 이 되는 바람에 속이 타고 있다고 하지만.

"왠지 다들 즐겁게 검을 맞대고 있었지."

"아, 아니. 그때는 뭐랄까, 코랄밖에 보이지 않았던 것 같아."

"나도 그래. 어떻게 해서든 샤이닝세이버와 싸워야 한다는 그런 기분……이랄까, 사명감에 떠밀리고 있었던 것 같아."

소동의 한복판에 있었던 일을 떠올리며 더듬더듬 말하는 코랄에게, 샤이닝세이버도 "그러고 보니, 그랬던가? 그랬을지도 모르겠군." 하고 동의한다.

"음. 뭐야, 그게? 의식 유도나 뭐 그런 걸 당했다는 거야?"

"모르겠어."

"어쨌든 정신을 차리고 보니 검을 들고 코랄과 대치하고 있었으니까. 주위는 아수라장이었고, 뭐가 뭔지 알 수 없었다고. 지금 생각해 보면 주위 상황을 생각하지 않고 싸운 건 기사로서 있을 수 없는 행위야."

"흐음."

"나도 동료들을 생각하지 않고 싸움에 열중하다니, 엄청난 추태야. 나중에 모두에게 듣기로는, 싸우고 있을 때의 나는 싸우기 전과 비교해서 광기가 어렸다고 하던데……."

"뭔가 건투를 서로 칭찬했다면서."

"그 자리에서 달리 무슨 말을 하라고?!"

"분위기를 무마하려고 열심히 한 개그였는데……."

전투 후, 오푸스에게 태클이 걸린 두 사람은 나름대로 동요했던 것 같다.

차마 얼버무리지 못한 코랄은 동료에게 머리를 바닥에 대고 빌었으며, 샤이닝세이버는 의지할 수 있는 부하들이 없어서 마음이 불편해 보였다.

뭐, 기사들은 가장 먼저 피난 유도를 맡고 있었으니, 곁에서 대기할 수 없었겠지. 상사가 원인이라면 더욱 그렇다.

"그나저나 검과 검을 맞댄 것만으로 그런 폭풍이 발생할까?"

"무슨 말이지?"

"있잖아, 샤이닝세이버는 안다고 생각하지만, 얼마 전 도적 사건에서 두목을 붙잡은 게 나인데……."

"아아, 대강의 사정은 들었다. 헬슈펠 기사단에 신병을 인도했지?"

"그 도적 두목이 플레이어였거든."

"뭐라고?!"

"진짜냐……."

케나가 폭로한 사실에 코랄은 눈을 크게 뜨고, 샤이닝세이버는 얼굴을 손으로 감쌌다.

"플레이어 운운은 둘째 치고, 조금은 치고받고 싸웠는데, 그때는 이번 같은 폭풍이 생기지 않았거든. 플레이어끼리 싸워서 그런 건 아닌 것 같아."

"그놈도 케나를 상대하다니 운이 없구먼."

"그때는 상대가 내가 한계 돌파자인 걸 몰랐으니까."

쓴웃음을 짓는 케나에게, 코랄은 "넌 겉보기엔 강해 보이지 않으니까 말이지."라며 어깨를 으쓱했다.

"싸웠을 때의 무기는 관계없는 건가?"

"상대방이 아랑의(맹견 주의) 검, 내가 여의봉. 발할라와 동급이라곤 해도, 상대가 개그 무기였으니까. 별로 참고는 안 될지도."

그렇게 말한 케나를 포함한 세 사람은, 달리 무언가 원인이 없는지 생각하기 시작한다.

생각해 봤지만, 전체적으로 게임 사정을 속속들이 알고 있는 케나가 모른다고 한다면, 그건 이미 어쩔 도리가 없는 것이나 마찬가지다.

"마법으로 폭풍은 일으킬 수 있지 않나?"

"【날씨 조작】은 있지만, 그건 이미 의식 마법의 영역이니까. 게다가 투기장 같은 장소에 핀포인트로 발생시킬 수 있을 만큼 제어가 잘되는 마법이 아니야. 왕도에서 사용했다간, 미증유의 대재해가 발생할 거라고."

의식 마법이란 여러 명이 달라붙어 발동해 광범위하게 영향을 미치는 스킬이다.

당연히 스킬을 가진 자밖에 쓸 수 없고, 발동하는 동안 시전자들은 움직일 수 없다.

덤으로 영향은 하루 이상 지속된다.

MP가 많은 케나라면 혼자서도 가능하지만, 그런 마법을 아무 이유 없이 사용하지는 않을 것이다.

"안 되나……."

"답이 없군……."

미지근해진 에일을 쭉 들이켜고 안주인 견과류도 입안에 한꺼번에 털어 넣은 샤이닝세이버는 불쾌한 듯이 테이블에 엎드렸다.

그 모습을 보고 쓴웃음을 흘린 코랄도 에일을 단숨에 비운다.

"어떡할래? 앞으로도 원인을 찾아볼까?"

케나의 제안에 게슴츠레한 눈을 한 샤이닝세이버는, 힘없이 고개를 가로저었다.

"천하의 한계 돌파자이자 스킬 마스터님이 모른다는데, 우리가 더 생각해 봤자 소용없겠지."

"그렇지. 이명은…… 꾹 참고, 이번 소동의 속죄라고 생각하기로 하겠어……."

그렇게 중얼거린 코랄은 어딘지도 알 수 없는 곳에 초점을 맞추듯 눈빛이 흐릿해졌다.

마음 한구석에 묻어두는 느낌으로 어떻게든 받아들이고 있는 듯하다.

'그러다 언젠가 폭발하지 않으면 좋겠는데.' 라고 생각하며 케나는 자리에서 일어섰다.

"가까이에서 보고 있던 오푸스에게도, 뭔가 짐작 가는 게 없는지 물어볼게."

"오냐…… 으."

"부, 탁, 하, 마."

이미 초상집 분위기가 감도는 실내에서 "수고해." 라고 말을 건네고, 케나는 가게를 나섰다.

『어쩔 생각입니까?』

설렁설렁 인파를 헤치며 걷기 시작한 케나의 뇌리에서 지금까지 침묵하고 있던 키가 물었다. 일단 이야기하기 전에, '뭔가 아는 게 있으면 알려줘.' 라고만 말해두었지만, 대화 중에 한마디도 하지 않은 것으로 보아 키도 원인을 알 수 없었던 것 같다.

"어디론가 사라진 오푸스를 붙잡아서, 그때 상황을 캐묻는 수밖에 없을걸."

오푸스는 투기제가 어중간하게 끝나자마자 잽싸게 모습을 감췄다.

폐도에 관해서도 물어봐야 해서, 록시즈 콤비에게는 발견하는 즉시 포획하라고 말을 전했는데, 축제가 끝난 뒤에도 그 소식을 알 수 없다.

그 녀석이니까 이 200년 사이에 여기저기 도시에 세이프 하우스 같은 걸 만들었을 것 같아서 무섭다. 찾기가 어렵다. 망할.

키의 말에 따르면 케나의 종자로서, 출두 명령에는 따라야 마땅하다고 한다.

『대체 어디를 싸돌아다니는 건지』하고 투덜대는 키에게, "아하하하."하고 허탈한 웃음을 흘릴 수밖에 없는 케나였다.

"편-지-."

"쿠짱?"

갑자기 명함 정도 크기의 종잇조각을 든 쿠가 케나의 눈앞에 모습을 드러냈다.

본래라면 이런 인파 속에서는 사람들의 눈을 피하려고 하는 쿠가 모습을 드러내는 일이 없다. 하지만 이 수수께끼의 요정은 어느샌가 케나의 가족에게만 보이는 술법을 편찬해 자기 주위에 전개하고 있었다.

그렇다고 해서 시내에서도 사람들 눈을 신경 쓰지 않고 여기저기 날아다니거나 하지는 않고, 기본적으로는 케나의 머리카락 속에 숨어 있다가 일이 있을 때만 모습을 드러낸다.

쿠가 준 종잇조각에는 『포획했습니다. 록시느.』라고 적혀 있었다.

"뭐? 포획했다니, 누구를?"

어안이 벙벙해진 케나가 무슨 말인지 몰라 경직되어 있자, 쿠가 "방금 이야기하던 사람~."이라며 즐겁게 웃고 있었다.

"뭐? 오푸스가 록시느에게 붙잡혔다고? 왜?"

썩어도 마인족 한계 돌파자에 스킬 마스터다. 550레벨밖에 안 되는 메이드에게 간단히 붙잡히리라고는 생각하지 않았다.

기껏해야 발목이나 잡아 주면 좋겠다, 싶은 정도의 생각이었는데, 어느샌가 해낸 모양이다.

『포획하라고, 말씀하시지 않으셨는지?』

"설마 그런 레벨 차이로 붙잡힐 거라고는 생각 못 했지만. 어떻게 붙잡혔을까?"

신뢰하는 건지, 황당해하는 건지.

케나는 시내에서 뒷골목으로 들어가, 사람들의 눈을 피해 벽을 달려 지붕으로 올라갔다.

그리고 되도록 눈에 띄지 않게 으슥한 장소를 찾아, 변경 마을까지 【전이 마법】을 발동했다.

"오푸스를 잡았다는 게 진짜야?!"

펠스케이로의 왕도에서 전이해 온 지 정확히 10초 후, 케나는 거실로 이어지는 문을 힘차게 열고, 그곳에 떡하니 있는 물체를 보더니 눈을 동그랗게 떴다.

"케나, 엄마?"

"케나 님!"

"어서 오십시오, 케나 님."

루카와 록시느와 록시리우스와 사이렌.

네 사람이 둘러싸고 있는 중앙에는, 밧줄로 감싼 애벌레 같은 오브제가 의자에 묶여 있었다.

뭔가 "우-우-."하고 신음하며, 가동 범위가 적은 몸을 꿈틀거리고 있다.

정수리에서 뿔이 슬쩍 보이니, 아마도 저게 오푸스겠지.

"죄송합니다, 저것이 오푸스 님입니다."

사이렌의 죄송한 듯한 발언으로, 그 애벌레가 오푸스라고 확정되었다.

"저기, 어쩌다 이렇게 됐어?"

"일단 꽁꽁 묶으면 어떻게든 될 거라고 생각해서요."

록시느가 죄책감도 없이 딱 잘라 말한다.

물건처럼 오푸스를 다루는 그 대응은, 도저히 창조주를 대하는 태도라고는 생각할 수 없다.

긴박감이 감도는 분위기 속, 케나는 진지한 얼굴로 손을 든 록시리우스에게 발언을 허락했다.

"우선은 루카 님께서 오푸스 님의 주의를 끌어주셨고, 그 틈을 노려 기습해 잡았습니다."

"아니, 그런 경위를 물어본 게 아니니까."

잔인하다고 할 수 있는 포획 방법을 듣고, 케나는 머리가 지끈거렸다.

(이거 오푸스 엄청 화난 거 아니야?)

『아마도 그렇겠지요. 하지만 포획하라고 한 케나에게도 문제는 있지 않을까요.』

(아……. 그런가.)

혼날 것을 각오하고, 일단 밧줄을 풀어주게 하려고 사이렌에게 시선을 돌렸을 때였다.

밧줄로 꽁꽁 묶인 애벌레가, 바람 빠진 풍선처럼 쪼그라들고, 다 뜯어진 밧줄이 의자 주위에 흩어졌다.

"아."

"아!"

"쪼그라들다니. 딱하시군요, 주인님."

케나가 놀라서 입을 벌리고, 록시즈가 전투태세를 취하고, 사이렌은 평소대로 손수건을 꺼내 눈물을 닦는 시늉을 하고, 루카는 케나에게 매달렸다.

"너는 전혀 반성하지 않으면서도!"

"어머, 주인님, 무사하셨군요. 아쉽네요."

어느새 뒤에 서 있던 오푸스에게 사이렌이 생긋 웃어 보였다.

사용한 스킬은【포박 탈출】, 그리고 배후로 몰래 다가오는【인술】일 것이다.

이마에 핏대를 세우며 부득부득 이를 가는 소리를 울린 오푸스는 사이렌의 태도에 발을 동동 구르고, 다음으로 케나를 홱 노려본다.

"너는 너대로, 부하와 딸에게 무슨 지시를 내린 게냐!"

"음, 결과적으로 애벌레가 된 건 사과하지만, 그것도 다 오푸스가 여러모로 비밀주의인 게 잘못이라고 생각하는걸."

"무슨 말이지……?"

"폐도."

"큭?!"

케나가 날카로운 눈빛으로 노려보자, 오푸스가 말을 잃고 시선을 피했다.

"역시. 오푸스가 뭔가 꾸미고 있었지? 조금은 이쪽에도 정보를 달라고."

"여, 여러모로 준비가 필요했단 말이다! 준비가 끝나면 말할 생각이…… 얼마든지 있었다."

"준비가 끝나지 않으면 말할 생각이 없었다고?"

"아, 아니, 그게, 말이다. 지극히 정치적인, 이유가, 말이지?"

"픕."

"어?"

식은땀을 줄줄 흘리면서 굳어버린 오푸스를 보고, 케나는 웃음을 터뜨렸다.

케나가 아는 한, 오푸스가 이렇게까지 쩔쩔맨 적은 없다. 그것이 신선했다.

"그러세요, 암약하시느라 고생 많으셨네요. 전부 잘 이야기해 줄 거지?"

"그, 그래."

"그럼 진지한 이야기로 넘어가 볼까."

그 자리에는 사이렌을 동석(공범 같았으니까)시키고, 록시리우스와 록시느에게는 루카를 돌보라고 부탁해 두고, 이야기를 나누는 장소는 케나의 탑 수호자의 방이다.

케나와 오푸스는 하얀 탁자보가 깔린 자리에 앉았다. 테이블 위에는 사이렌이 준비한 차가 있었다.

쿠는 기분 좋게 차와 곁들여 먹는 쿠키를 아삭아삭 먹고 있다.

이야기에는 끼어들지 않을 것으로 보인다.

『저기, 주인님.』

"왜?"

좋은 향기가 코를 간질이는 홍차 잔을 손에 든 케나는 의아한 얼굴을 한 벽화 수호자의 물음에 답한다.

『여긴, 담화실이 아닌데. 그건 알고 있나?』

"물론이지. 달리 엿듣는 사람이 없어서, 회담하기 딱 좋은 장소잖아."

순진무구한, 그러면서도 절대영도의 명령을 실행하는 듯한 케나의 미소를 보고, 벽화 수호자는 벌레 씹은 듯한 얼굴이 된다.

그리고 보지도, 말하지도 않는 원숭이처럼 눈과 입을 닫는다.

회담에 대해, 일절 참견하지 않는 것을 선택한 듯하다.

그 대화를 보고 있던 오푸스는 몸을 부르르 떨었다.

"너는 수호자에게도 공포 정치를 하는 거냐. 무섭군."

"말이 심하네. 평범한 스킬 마스터와 수호자의 관계잖아."

아무리 봐도 하인과 여왕님처럼 보였다고, 이때의 오푸스는 생각했다. 하지만 불똥이 튀는 것은 싫으니까 이의를 제기하진 않기로 한다.

"자, 어서 불어!"

"말 떨어지자마자 협박부터 하냐?!"

대뜸 튀어나온 발언에 오푸스도 지체 없이 딴지를 걸 수밖에 없었다.

꽁꽁 묶여 있지만 않을 뿐, 당하는 짓은 포획당했을 때와 조금도 다르지 않은 것 같다.

도움을 청하려 사이렌을 쳐다보니 약속이라도 한 듯이, 케나의 등 뒤에 조용히 서 있을 뿐.

오푸스는 정신적 피로를 느끼고 어깨를 축 늘어뜨렸다.

"이렇게 대놓고 압박 면접 비슷한 짓을 안 해도, 평범하게 물어보면 될 것을."

"그치만 이래저래 여러모로 할 일이 있어서, 오푸스에게 사정을 못 물어봤단 말이야."

"중간중간 그럴 기회는 얼마든지 있었던 것 같은데."

"왠지 타이밍이 안 맞아서 말이지……."

대체로 깜빡했다고도 할 수 있다.

자업자득인 사실을 숨기고 전혀 미안한 기색이 없는 케나에게 오푸스가 불평을 입에 담으려 했을 때, 사이렌이 손뼉을 짝짝 치면서 끼어들었다.

“두 분 다, 그만하세요. 평소처럼 티격태격하시면 시간만 무의미하게 흘러갈 뿐입니다.”

“아, 그랬지. 고마워, 사이렌.”

“아뇨, 이건 늘 있는 일이니까요.”

“어이, 이봐, 사이렌. 넌 주인님에 대한 충성심이 부족한 거 아니냐?”

“무슨 말씀을 하시나요, 주인님. 저는 그저 명령대로 케나 님을 주인님과 동등하게 대하고 있을 뿐인데요. 명령대로…… 정확히, 말이죠.”

그런 말을 했던 것 같기도, 하지 않았던 것 같기도 하다.

기억이 불분명한 오푸스는, 식은땀을 한 줄기 주르륵 흘렸다.

“이 경우, 나쁜 건 비밀주의인 주인님 아닐까요. 물론, 주인님과 케나 님이 동등하다면 가지고 있는 정보도 공유하는 것이 마땅하겠죠?”

“끙…….”

말 돌리기라고 할 수 있지만, 오푸스 자신이 사이렌에게 내린 명령을 명분으로 내세우면 말문이 막힐 수밖에 없다.

사이좋은 주종의 대화를 옆에서 듣고 있던 케나는 쓴웃음을 짓는다.

어떤 의미로는 ‘그 주인에 그 종자’라는 느낌이라서.

"그러면 이야기해 주실까."

"주어를 넣지 않으면 의미를 알 수 없잖나."

"그러니까, 폐도 이야기라고 말했잖아. 알면서 말하는 거지!"

"알겠다, 알겠어. 일일이 언성을 높이지 않아도 다 들린다."

케나가 엉덩이를 자리에서 떼고 항의하자, 한숨을 내쉰 오푸스가 팔짱을 끼고 신음한다.

"하지만 뭐부터 이야기해야 할지……."

그렇게 어려운 화제인가 하고 고개를 갸웃거리는 케나에게, 【장미는 아름답게(오스칼) 지네】를 사용해 자기 머리 위에 어두컴컴 흐린 하늘을 만드는 오푸스.

당장에라도 비가 내릴 듯한 먹구름이다.

"뭐야, 앞날에 불안밖에 없다는 그 표현은?"

"뭐, 실물을 보면 알 테지만, 그 말대로다. 내버려두면 금방 알 일이긴 하다만. 네가 그렇게까지 추궁하는 타이밍이 이상해."

"타이밍은 무슨……. 폐도를 걱정하는 건 대체로 사하라셰드려나. 어느 정도 정보를 얻을 수 있다면, 그 아이도 나라에서 나름대로 대응을 취할 수 있을 거로 생각하거든."

"갑자기 엄청나게 그리운 이름이 나오는군. 뭐냐, 그 사하나의 아종 같은 녀석은?"

당시에는 견원지간이었던 만큼, 입에 담는 것도 싫다는 듯이 얼굴을 찌푸리는 오푸스였다.

"그 아이의 양자 캐릭터야. 여신인지 뭔지에게 임명받은 오우타로퀘스의 여왕님. 뭔가 영문도 모르는 사이에 내 조카가 된 것 같더라고."

"오우타로퀘스의 여왕이라고? 넌 또 무의식중에 권력자 가족을 늘려놓는군……."

정확하게는 가족으로 인정받은 자가 권력이 있을 뿐이다.

이것만큼은 케나가 직접 어떻게 한 것도 아니므로, 불가항력이다.

굳이 따지자면 그런 사람들만 모여드는 것에 본인이 가장 곤혹스러운 것이다.

"그건 일단 제쳐두고. 먼저 해결해야 할 건, 어째서 폐도 같은 것이 존재하고, 그 장소가 비밀에 부쳐져 있느냐는 건데. 아마도 차국(茶國)이었던 장소를 【차단 결계】나 뭔가로 덮고 있을 뿐이겠지. 그렇다고는 해도 효력과 내구도가 믿을 수 없는 강도지만. 그리고 최근 들어 여기저기 출현하고 있는 퀘스트 몬스터는, 그곳에서 출현하고 있는 게 맞는 거지?"

"아마도, 말이다."

"아마도? 오푸스도 파악하지 못한 거야?"

태연하게 "오냐." 하고 고개를 끄덕이는 오푸스에게 벙쪄서, 케나는 입을 벌린다.

사전 준비를 게을리하지 않고, 용의주도하게 기다리는 식의 자세를 보이던 오푸스를 아는 케나에게는 당연한 반응이다.

"우리는 요새 던전에 틀어박혀 있으면서 여기저기 손대고 있었으니까. 유지보수도 제대로 하지 않았으니 말이다. 일단, 지키게 한 자는 있지만, 그쪽도 슬슬 한계겠지."

"그 주변은 대체 어떻게 된 거야?!"

"일단 내 혼신의 【차단 결계】로 덮어는 놨다. 만일을 위해 이중, 삼중으로 쳐 뒀지만."

"그런 게 200년이나 버텨?"

"버티고 있으니까 주변 피해가 최소한으로 그치고 있는 거겠지. 그것도 서서히 깨지고 있는 것 같지만."

"너무 무책임하잖아!"

케나가 예전에 다른 용도로 사용한 적 있는 【차단 결계】 마법.

그 효과는 반영구적으로 지속되지 않는다.

물건 자체에는 방어력과 내구도가 설정되어, 방어력은 마법을 발동시키는 것 외에 투입한 MP의 양에 따라 변하고, 내구도는 발동자의 마력치가 통째로 적용되는 것이다.

일단 부속 기능으로 『악의가 있는 것을 통과시키지 않는다』 같은 키워드를 넣을 수는 있다.

예를 들어 케나가 발동 외에 MP를 담지 않고 방어력 0짜리 【차단 결계】를 만들었다고 치자.

그 내구도는 오푸스가 온 힘을 다한 공격을 날린다고 해도 한 방은 견딜 수 있다. 다만 두 번째 공격에는 부서지지만.

물론, 결계 안에 있는 누군가가 깨작깨작 공격한다고 하면, 언젠가는 부서질 것이다.

한번 설치한 뒤 해제하려면 부수거나, 시전자가 치우거나, 둘 중 하나밖에 없다.

이러한 이유로 이 세계에 남은 성채(길드 거점)는 【차단 결계】를 돌파할 수 없는 탓에 아직도 사람 손이 닿지 못한 채로 남은 곳이 몇 군데 있다.

"결계 관리는 소환수에게 맡겨 뒀다. 설치 당시, 다시 말해 게임 종료와 동시에 이쪽 대륙으로 모든 기능이 이행되었을 때지. 너와 우리와 게임 필드 자체를 이쪽 세계로 옮기려 했던 것이야. 하지만 그 시점에서 활동하고 있던 플레이어의 현신과 활성화 중이던 퀘스트를 포함한 몬스터가 죄다 대륙 이곳저곳에 출현한 건 예상하지 못했지."

"혹시 그걸 전부 모아서 차국에 봉인한 거야?"

"오냐. 대규모 파괴 때문에 차국은 몰락했으니까 말이다. 안성맞춤이었지."

그 원인을 제공한 케나는 추욱~ 하고 어두운 그림자를 배경에 깔았다.

무슨 일이 있을 때마다 그 일로 놀림당해서, 살짝 트라우마가 됐기 때문이다.

"방치했다간, 아직 사람이 적은 이쪽에 혼란이 퍼질 것 같기에 말이다. 스킬을 가진 후보자들을 픽업해서, 적임자에게 나라의 관리를 맡겼지. 주로 【통치】 스킬을 가지고 있던 녀석들에게 말이다."

【통치】 스킬은 플레이어가 지배하는 지역을 발전시키기 위한 기능이다.

오프라인 모드의 출발점인 마을을 요새로 발전시킬 때 가지고 있으면 보너스가 붙는다. 그 밖에는 거의 쓸모가 없다는, 몇몇 불우한 스킬 중 하나다.

나중에 버전이 올라가면 온라인 측에도 비슷한 마을이 생길 거라는 이야기는 있었지만, 구현 단계에는 이르지 못한 듯하다.

"아니, 전설에 따르면 여신님에게 명령받았다고 들었는데? 설마 오푸스가 여장하고 했다든가…… 어라?"

"부탁받아도 누가 할까 보냐, 바보 녀석! 표면에 나선 건 이 녀석이다."

눈을 뜬 당일에 말레르에게 들었던 것을 떠올리고 흘겨보자, 오푸스는 악을 쓰고 케나의 말을 부정했다.

그리고 케나의 등 뒤에서 부동자세로 서 있는 사이렌을 가리켰다.

지목당한 흑발 엘프 메이드는 살짝 뺨을 붉히더니, 의아한 기색인 케나의 시선에 반응해서 애수에 찬 표정을 지으며 작게 고개를 끄덕였다.

"네, 그래요! 주인님의 지시에 따라, 제가 맡았습니다. 여신답게 머리를 염색하고, 이펙트를 짊어지고, 날개옷 장비를 사용하라고 하셔서……."

"우와아……."

케나는 표정이 진심으로 동정한다는 것으로 바뀐다.

그리고 일부러 자리에서 일어나 사이렌의 곁으로 다가가고, 몸을 살짝 끌어안아 등을 부드럽게 토닥였다.

차와 다과용 쿠키를 아삭아삭 먹고 있던 쿠도 날아올라 위로하듯이 사이렌의 머리를 쓰다듬고 있다. 본인은 이야기의 취지를 절반도 이해하지 못하겠지만.

어느새 손수건을 꺼내고 있던 사이렌은 케나에게 위로받고, 눈가에 번진 눈물을 닦는다.

"그래, 고생했구나."

"흑흑, 케나 님……."

"개한테 물렸다고 생각하고 잊어버리자."

"네, 마음 써주셔서 감사합니다."

"기운 내, 응?"

"……네."

이렇게 치한 피해로 마음에 상처를 입은 후배를 위로하는 선배의 구도를 『스포트라이트로 비추는 무대』에서 연기하는 두 사람.

체격 차이로 보면, 동생에게 위로받는 언니 같다.

그동안 케나와 사이렌과 쿠가 오푸스를 오물을 보듯 쳐다보고 있었다.

"에잇, 다들 왜 그렇게 보는 거냐!"

"""저질."""

"윽……."

몹쓸 짓을 했다는 자각이 있는지, 오푸스는 멋쩍은 얼굴로 고개를 홱 돌렸다.

참고로【날개옷 장비】라는 건 의상 자체에【비행】마법이 부여된 레어 장비를 말한다.

옛날이야기에 나오는 선녀처럼 옷자락이 길고, 빛나는 띠가 주위에 나부끼며, 등 뒤에서 후광이 나오는, 실전용이 아닌 과시용 장비이다.

단점은 상반신 부분의 천이 시스루 상태인 것. 여성 플레이어들에게『운영의 변태 장비』라고 멸시받던 아이템 중 하나이다.

이런 것을 멀쩡한 얼굴로 입을 수 있는 사람은, 케나가 아는 선에서 한 명밖에 없다.

확실히 미녀 중에서도 상위권에 드는 사이렌이라면, 머리를 금발로 염색하고 날개옷 장비의 후광도 더해지면 여신으로 불려도 어색하지 않을 것이다.

전설의 속사정을 알아버린 케나는 예전에 여신에 대해 뜨겁게 이야기했던 아들을 떠올리고, 마음속으로 조금 눈물지었다. 굳이 말하자면 상당히 환상이 포함된 이야기에 대해서.

역시 동경하는 여성에게 남자가 고귀한 환상을 품는 건 어디나 마찬가지인 듯하다.

"일단, 이 사실은 마음속에 담아두자. 창세 신화가 와장창 깨질 사람도 있을 거니까……."

"음, 사실은 소설보다 기이하다는 말이 있지."

그 '기이함' 을 만든 장본인이 이따위 소리나 한다.

이 세계에 있기나 할지는 모르겠지만, 케나는 위장약이 먹고 싶어졌다.

그리고 리아데일의 서비스 종료 이후의 시계열을 대충 설명받았다.

요약하면 건국, 이벤트 몬스터의 폐도 봉인, 이쪽으로 떨어진 플레이어(현신)의 처리, 이렇게 세 가지다.

건국에 관해서, 오푸스는 사이렌에게 거의 전부 떠맡겼다.

사이렌은 이쪽의 현지인이나 양녀 중에서 【통치】 스킬을 가진 자를 선출하고, 지역을 북부, 중부, 남부로 나누어 나라를 세우게 했다.

그때, 모든 나라에 폐도 감시의 임무를 맡겼던 것 같다.

그런데 200년이나 지나고 보니, 그 임무를 속행하던 건 남부의 오우타로퀘스뿐이라고 하니 놀랄 일이다.

"펠스케이로의 왕에게, 감시 임무는 오우타로퀘스가 맡고 있다고 들었는데……."

"벌써 권력의 중추에 파고든 건가, 자네. 귀족 혐오는 어디에 팔아먹었는지."

"게임 속 귀족처럼, 거만하고 재수 없는 사람만 있는 건 아니었지만 말이야. 일부 선민주의 같은 건 있었지만."

"역시 대를 거듭하면 그런 의무감은 흐릿해지는 걸까요?"

사이렌은 한숨을 쉬며 푸념했다.

떠맡은 일이라고는 해도, 그 끝이 보잘것없게 된 건 납득이 가지 않는다는 얼굴이다.

하지만 이건 사이렌 탓이 아니다. 세대를 거듭하는 사이에 임무를 잊어버린 왕의 계보가 변변찮을 뿐이겠지.

"그렇다고는 해도, 200년이면 고작해야 4대 정도잖아. 그런 걸로 잊힌다는 건 아무리 그래도 너무 허술하지 않아?"

"그 임무를 가진 자가 급사했다, 같은 사태일까요? 다음 대에 넘겨주기 전에 죽었다면 당연하다고 생각합니다만."

"옹호할 것까지도 없지. 구전만이 아니라 문서로 남기는 등, 방법은 얼마든지 있었을 터. 정말이지 여신의 사명을 뭐라고 생각하는 건지……."

"말 전하기 게임이 왜곡되어 버린 거야!"

하늘을 가리키며 이상하게 우기는 건 쿠다.

입가에 쿠키 부스러기를 묻히고 옷에도 흘리고 있었기에, 곧바로 사이렌이 닦아낸다.

"변장한 여신이었던 것 같지만 말이야."

"역시 제가 여신의 중책을 맡은 건 분수에 맞지 않았을까요?"

"아니야. 보는 눈이 없었던 건 사명을 받은 쪽이잖아. 사하라셰드는 일단 넘어가고. 여신님에게 받은 사명보다 이권 다툼이 더 중요한 거 아니야? 이래서 귀족이란 것들은!"

"전혀 관계없는 부분에서 망상을 폭발시키며 원망하고 있잖

나. 용서하는 건지 용서하지 않는 건지, 어느 쪽이냐."
갑자기 잔뜩 화가 난 케나를 오푸스가 황당해하듯 봤다.
하지만 그런 시늉만 보인 케나는 곤란한 듯이 머리를 감쌌다.
"나중에 스카르고에게 말하더라도. 어떻게 설명할지……."
사정에 따라서는 풀파워 완전 파괴 모드로 도시째 크레이터로 만들면 그만이라고, 케나는 생각하고 있다.
이 세상에서 사라질 예정인 물건에 대해 경계를 촉구해 봤자 헛수고일 뿐이다.
"아아, 그리고 이야기가 좀 새지만. 여신 신앙이라든가 어딘가의 신 직속의 5대공 같은 것도 오푸스의 책략이나 뭐 그런 거야? 그런 설정을 뿌리고 다녔어?"
"토착 신앙은 모른다. 아마도 편리하게 끼워 맞춘 거겠지."
"이것도 스카르고한테는 말할 수 없겠네. 무심코 까발렸다간 졸도할 것 같아……."
그리고 이쪽 세계에 출현한 플레이어를 잠시 보류하고, 폐도의 처리를 우선했다고 한다.
"설마 아바타가 실체화할 줄은 몰랐지."
"네, 그건 주인님의 예정에는 없던 일이었지요."
"그 시점에 몇 명 정도 있었으려나……."
"일단, 하나로 묶어서 동결해 뒀었으니 말이다. 다음 작업이 기다리고 있는데, 그것들까지 신경 쓸 수는 없으니까 말이다."
각지에 들끓던 이벤트 몬스터를 공간 접속을 써서 강제로 폐도로 끌어들이고, 삼중의 【차단 결계】로 격리한 뒤, 소환수 중 적임자에게 관리를 통째로 떠넘겼다.

"떠넘기기만 했잖아. 그때 한꺼번에 처분하면 좋았을걸. 지금 이렇게 고생하고 있으니까."

"한꺼번에 모든 처리를 어떻게 다 한단 말이냐. 이쪽은 혼자밖에 없었다고."

"떠넘겼다고 말씀하시지만, 나중에 각지를 돌며 점검 등의 후속 조치는 하고 계셨답니다. 최근 50년간 꽤 많은 플레이어 여러분이 깨어나셔서. 만약을 위해 마주치지 않도록 외출은 삼가고 계셨습니다만."

깨어난 플레이어 중에는 칸우처럼 리아데일 대륙 밖으로 나간 자도 있다고 한다.

그 외에는 수명을 맞이해 죽은 인간족이나 워캣.

병이나 부상이 원인이 되어, 사망한 자도 적지 않은 듯하다.

"그렇구나. 게임 때처럼 길거리 힐 같은 건 없으니까."

"회복 스킬 자체를 습득하지 않았던 자도 있었으니 말이다."

"아, 있었지. 코랄이라든가."

"개중에는 게임 시절의 돈을 사용하려 하지 않고, 가난으로 돌아가신 분도 계신 듯해서요."

"타르타르소스가 바로 그러기 직전이었던 것 같지만. 게임 돈이라는 게 눈에 보이는 게 아니었으니까. 손으로 잡아보려고 생각하는 사람은 적었던 걸까."

“그 녀석은 딴지만 걸지 말고 좀 더 유연한 발상을 익히면 좋을 것을.”

오푸스가 말하는 건 엑시즈의 다른 계정인 타르타로스에 대한 것이다.

비교적 상식인에 가까웠던 그는 길드에서 오로지 모두의 대화에 딴지를 거는 역할로 인식되고 있다.

아마 그런 점도 스트레스가 되어서 엑시즈의 생성으로 이어진 거겠지.

“그래서? 폐도 안은 어떤 상태야?”

“열려라 참깨라고 외치면 열린다.”

“어? 진짜로?”

“…….”

따가울 정도의 침묵이 그 자리를 지배했다.

케나의 등에서 차가운 땀이 흐르는 가운데, 시선을 이리저리 돌리던 오푸스가 조용히 고개를 끄덕였다.

“…………그렇다.”

“어어어?! 잠깐만 기다려, 정말로 정말로 진짜인 이야기야?!”

“오냐. 틀림없는 진실이지.”

“저도 처음 들었을 때는 귀를 의심했는데, 맹세코 거짓말도 농담도 아닙니다. 당시에는 현지인이라도 이쪽 문화를 모를 것이라고 예상하고 한 일이었으니까요.”

아무래도 삼중의 【차단 결계】를 열기 위해서는 그 한마디면 되는 듯하다.

"플레이어가 가면 어쩌려고!"

"그것도 고려해서 가도를 정비시켰지. 플레이어라면, 길에서 벗어나는 짓은 좀처럼 안 하니까 말이다."

"아하, 뭐, 그렇네……."

게임 시절에는 기본적으로 이벤트나 퀘스트가 가도를 따라서 진행되는 경우가 많았기 때문이다. 그것을 역이용해서 폐도를 숨긴 듯하다.

참고로 가도를 벗어나 행동하려고 생각한 선구자는 스킬 마스터 No.1 마벨리아다.

문제의 폐도는 아직 소환수가 관리하고 있다고 한다.

"자세한 건 그쪽에 물어봐라."

"오푸스의 소환수잖아. 내가 간다고 말해줄까? 오푸스가 같이 가주면 이야기를 들을 수 있잖아."

"이쪽은 아직 볼일이 있어서 말이다. 미안하지만 혼자 가라."

"죄송합니다, 케나 님. 이 변변찮은 주인은 제가 확실하게 감독할 테니, 뒷일은 맡겨주세요."

자신만만한 사이렌이 잘그락 하고 금속 사슬을 꺼내자, 오푸스의 표정이 딱딱해졌다.

왠지 케나보다도 억지력 같은 존재를 확립하고 있는 듯해서 무섭기도 하다.

"뭐랄까, 합류하고 나서도 뭔가 몰래몰래 하는 것 같은데, 설명도 없다는 건 심하지 않아? 아니면 나한테는 말 못 할 일이야?"

비밀주의인 것은 예전부터 그랬지만, 이번에는 특히 심한 것 같다.

케나가 이쪽에서 깨어나기 전부터 몰래 무언가를 하고 있었던 것 같으니까, 그것을 알면 협력할 수 있는 일도 있지 않을까 하고, 밑져야 본전이라는 생각으로 물어보았다.

질문을 받고 잠시 복잡한 얼굴로 입을 다물고 있던 오푸스는 이윽고 체념한 것처럼 입을 연다.

"뒤에서 몰래 하고 있었던 건 플레이어의 인구 조사다."

"플레이어의 인구? 200년이나 지나서 줄어들었다든가?"

"아니, 반대다. 초기와는 비교도 안 될 정도로, 현존하는 플레이어의 수는 많다."

"어째서 늘어난 건데! 이쪽에서는 게임이 종료된 지 한참 지났잖아!"

"게임 종료 때 사라진 플레이어의 인구와 초기에 존재했던 플레이어의 인구에는 상당한 격차가 있단 말이다."

오푸스가 조사한 바로는 게임 종료 시점에 이쪽 세계로 떨어진 인원수는 극히 일부. 그보다 최근 십수 년 이내에 출현한 플레이어 쪽이 훨씬 많다고 한다.

"그게 뭐야……."

"뭐, 생각해 볼 수 있는 가능성으로는, 시스템이 네 영혼에 정착해서 안정되기 시작한 시기가 이유일 것으로 생각하고 있다. 그때까지 플레이어의 현신은 이쪽 세계와 저쪽 세계의 틈새에라도 동결되어 있다가 시스템 안정화와 함께 순차적으로 나타난 거겠지."

그 안정화의 차이라는 것이 어떻게 작용했는지는 모르겠지만, 샤이닝세이버와 코랄처럼 7년간의 격차라는 패턴을 낳고 있는 듯하다.

"결국은 내 안의 잘 모르는 시스템 탓인가."

이것만큼은 검증할 방법이 없으므로 무시할 수밖에 없다.

어쩌면 아직 그 틈새에 있는 사람이 있을지도 모르니까.

"아니, 네가 깨어나면서 나머지 플레이어들은 이쪽에 나타났을 것이다."

"정말로 그렇게 많이 있어? 난 전혀 본 적이 없는데."

"대부분 신중하게 생각하니 말이다. 몸을 숨기고 일반인처럼 생활하고 있지. 펠스케이로 왕도에도 상당수의 플레이어가 숨어서 살고 있을 거다."

"헉?!"

펠스케이로 왕도라는 말을 듣고, 케나의 얼굴에서 핏기가 싹 가셨다.

스카르고 일행과 교류하는 이런저런 일들로, 케나의 존재는 왕도에서 꽤 유명해져 버렸다. 덤으로 고래 수호자의 탑에 관한 연극도, 플레이어가 보기에는 무엇을 했는지 훤히 들여다보일 것이다.

이제 와서 의기양양하게 작전을 마쳤던 당시의 자신이 부끄러워지기 시작한다.

게다가 어쩌면 스킬을 원해서 고래 수호자의 탑에 침입하는 자도 있을지 모른다.

확인하러 가는 게 좋지 않을까 하고 안절부절못하며 몸을 일으키려던 케나를, 오푸스가 손을 흔들며 "걱정할 필요 없다."라고 만류했다.

"마벨리아의 탑은 고래가 플레이어를 삼킬 필요가 있지. 그러기 위해서는 그 몸을 대놓고 움직일 필요가 생긴다. 수호자는 네 허가 없이 그러지 않을 거다. 게다가 주위에는 순찰하는 병사들이 감시하고 있고, 무엇보다 신앙심 깊은 주민들이 신체에 사람이 다가가는 것을 용납하지 않을 것이야."

"으음, 괜찮은, 걸까?"

"걱정된다면 나중에 네 수호자를 통해서 고래의 수호자에게 문의해 봐라."

"아, 그러고 보니 교신할 수 있었지?"

『그렇다고, 주인님. 조금은 이 몸의 스킬도 파악해 두라고.』

한쪽 눈을 뜬 벽화 수호자가 어이없다는 듯이 말했다.

나중에 확실히 확인해 본 결과, 고래 안의 시계에서 튀어나오는 작은 새 수호자는 "그렇게 안이한." "짓은 하지." "않아!"라며 단단히 화난 기색이었다.

"대체로, 대부분 낯가림이 심해져서 말이다. 종자를 일하게 하고 물주 노릇이나 하는 녀석도 있으니, 앞으로 쉽지 않겠지."

"몇 명인가 사정 청취를 했습니다만, 모두 입을 모아 '채팅으로 대화할 수 없는 사람은 무섭다' 라고, 말씀하셨습니다."

"뭐야 그 이차원 방향으로 심해진 낯가림은?!"

언뜻 상냥해 보이는 메이드라면 입이 가벼워지는 자도 있었을 것이다.

전쟁 때의 인터뷰 등으로 나름대로 얼굴이 알려진 오푸스라면, 과연 방구석 폐인들이 입을 열었을까.

"그래서? 플레이어 인구를 조사해서 어쩔 셈이야? 인구 조사의 일환?"

"아니. 이 기회에, 봉쇄한 차국을 최초이자 최후의 이벤트로 만들려고 계획 중이다."

"콜록!"

엉뚱한 말을 꺼낸 오푸스를 케나는 두 번 쳐다본다.

"좋은 생각이지?" 라며 거만하게 구는 오푸스는 참으로 의기양양하다.

"할아버지도 불러서, 스킬 마스터 세 명이서 깨부수는 게 더 효율적이지 않아?"

"무리다."

케나는 막강 화력으로 제압하면 되지 않냐고 제안해 봤지만, 즉각 기각되었다.

차국 수도라고 해도 나름대로 넓다. 예를 들어 한쪽 구석에서 침공했다고 해도 역방향에서 도망치는 마물이 생길 경우, 다시 찾기는 곤란해진다.

장기간에 걸친 봉인으로, 내부의 마물들이 어떤 상태인지도 모른다.

극적인 진화를 이룬 마물이 있을 가능성도 있으므로, 주위를 플레이어로 둘러싸고, 서서히 포위망을 좁혀가는 편이 확실하지 않을까.

그것이 오푸스의 생각이다.

"하지만 어느 수도든, 지하에서 던전으로 이어지는 통로가 있었잖아?"

"그건 초기에 봉쇄했습니다. 주인님의 부하가."

"흑국(黑國) 때 같은 최악의 사태는 생기지 않겠지. 다른 6국은 지하에 마왕의 소굴이 있거나 하지 않으니까 말이다."

"그건, 뭐, 그렇겠지."

당시의 참극을 떠올리고 눈빛이 흐려진 케나가 고개를 끄덕인다.

흑국 수도의 지하 던전에 마왕이 있다는 정보를 얻은 〈크림치즈〉의 길드 마스터가 '실력 시험 삼아 마왕을 잡으러 가자.' 고 모두를 부추겨, 한밤중의 들뜬 기분도 더해져 의기양양하게 나섰던 적이 있었다.

그때는 아직 케나도 스킬 마스터가 된 지 얼마 안 됐을 때고, 길드 멤버는 한계 돌파자가 아니었다. 그래서 간단히 역공을 당하고 만 것이다.

마왕이 날린 범위 공격에 의해 전멸이라는, 웃음거리도 안 되는 초라한 결과였다.

다만 마지막 범위 공격이 터무니없는 범위에 피해를 주는 공격이었기 때문에, 던전의 천장이나 바닥을 넘어 지표에 도달했던 것 같다.

그 결과, 그 시간대에 흑국에 머물고 있던 플레이어나 NPC가 한순간에 사망했다가 부활하는 수수께끼의 현상이 발생했다.

전쟁 이벤트가 아닐 때, 플레이어는 도시 안에서 사망하면 바로 되살아나고, NPC는 즉시 리스폰된다. 로그에는 '공격의 여파를 받아 사망했습니다.' 라는 메시지만 뜨니까, 플레이어들은 고개를 갸웃거릴 뿐.

신난 운영진이 원인 불명으로 발표한 탓에, 한밤중에 흑국 수도에서 발생한 일제 사망 사건은 보기 좋게 게임 내 7대 불가사의 중 하나로 변모했다.

그 원인을 제공한 길드로서는 아주 죽을 맛이다.

"그렇게 떳떳하지 못한 일은 이제 사양이야……."

"그렇다고는 해도, 멀쩡하게 반성했던 건 너와 타르타로스 정도였지."

"떠올리게 하지 마!"

오푸스를 포함해 정신 구조가 이상한 멤버를 떠올리면 한숨밖에 나오지 않는다.

지금은 그런 멤버라도 없으니 쓸쓸하지만.

"하지만 그렇게 낯가림이 심한 사람들밖에 없으면 이벤트에 참가해 줄까?"

" '혹시 다른 플레이어를 만날 수 있을지도 몰라' 라고 생각해서 참가해 주지 않을까 하고 예상하고 있지만. 이것만큼은 당일이 되지 않으면 나로서도 예측할 수 없지."

"드물게 오푸스가 약한 소리를 하네."

"사람의 마음속까지는 알 수 없으니 말이다."

쓴웃음을 짓는 오푸스의 모습이 무언가의 실루엣과 겹친 느낌이 든 케나는 고개를 가로저었다.

"왜 그러지?"

"아니아니, 아무것도 아니야! 그것보다 그 이벤트 퀘스트, 내가 도울 일은 없어?"

"무조건 참가해라. 너한테 부탁할 건 그 정도지."

"어, 어어. 알았어."

무턱대고 제안하기는 했지만, 자신이 뒤에서 여러 가지를 획책하는 건 성미에 맞지 않는다는 것을 알고 있다.

그렇기에 '필요 없다' 는 말을 듣지 않은 것만으로도 다행이었다고, 케나는 가슴을 쓸어내렸다.

"이쪽은 나와 사이렌과…… 부하 녀석들만으로 충분할 테지. 너는 우선 딸에게 부탁받은 일이라도 처리하고 있으면 된다."

"어떻게 아는 거야……."

"일단, 뱀…… 아니, 키와도 정보 교환은 하고 있으니 말이다. 네 주변의 상황은 파악해 두어야 하지."

"저기?! 키?"

『안심하십시오. 현재 받은 퀘스트 정보 정도밖에, 넘기지 않았습니다.』

"정말! 개인정보 보호법 정도는 지키라고!"

『알고 있습니다.』

공손하게 머리를 숙이는 집사가 떠오르지만, 모르는 사이에 척척 주변 정보를 넘겨 버리면 의심에 사로잡힐 수도 있다.

오푸스에게 어떤 정보를 전했는지, 케나에게도 보고하도록 당부한다.

애초에 벌을 주려고 해도, 자기 머릿속에 있는 존재에게는 어쩔 방법이 없다.

"아, 결계 관리자는 어떡할까?"

"딸의 의뢰로 근처에 갈 테지? 그때 들르면 될 거다."

"중간에 빠져나갈 수 있으려나."

"다만, 결계에 강한 충격 같은 것을 주지 않도록 조심해라."

"무서운 소리 하지 마?!"

무시무시한 주의 사항을 듣고 몸서리친 케나는 뒷일을 오푸스에게 맡기고 왕도로 날아갔다.

손을 흔들며 【전이】한 자신의 스킬 마스터를 반쯤 감은 눈으로 배웅하며, 벽화 수호자는 한숨을 크게 내쉰다.

"나리. 그쪽의 해골 여왕한테서 들었는데, 우리 주인님은 괜찮은 겁니까?"

"그 녀석을 쓰러뜨리려면 전성기의 초월자가 모두 모여도 될까 말까…… 뜻밖의 사고라도 생기지 않는 한, 뱀 녀석이 빈틈없이 지키겠지."

만약을 위해 현재 가동 중인 수호자의 탑에는 퀘스트의 상세 내용을 전달해 두었다.

최악의 상태. 예를 들어 차국 결계 안의 마물이 일제히 스탬피드를 일으켜 광범위하게 흩어지거나 특정 방향으로 무리를 지어 이동하기 시작했을 때 등을 상정하여, 수호자의 탑을 기점으로 한 방벽을 전개하는 계획도 동시에 진행 중이다.

그래서 이동이 가능한 은귀의 탑을 오우타로퀘스 남서쪽으로 이동시켜 둔 참이다.

차국을 둘러싸는 최소한의 범위를 『용궁성』과 『악의와 살의의 관』, 『공중 정원』으로 에워쌀 수 있으면 좋겠지만.

"우리 주인님에게는 알리지 말라니, 그게 마음에 안 든단 말인뎁쇼."

"그 녀석은 막판에 불쑥 흘려버릴 수도 있으니까. 플레이어로 섬멸할 수 있다면 됐지."

"우리가 나설 차례가 없기를 빌겠어. 알았지?"

"선처해 보……."

말을 다 마치기도 전에, 벽화 수호자는 오푸스를 탑 밖으로 추방했다.

무언가 도플러 효과를 동반한 비명이, 탑을 따라 아래로 떨어져 가는 것이 들렸지만, 기분이 언짢았던 벽화 수호자는 신경도 쓰지 않았다.

"흥."

한없이 푸른 하늘을 보아도, 수호자의 속이 후련해지는 일은 없었다.

제2장 사전 회의와 의뢰와 첫 인사와 폭로

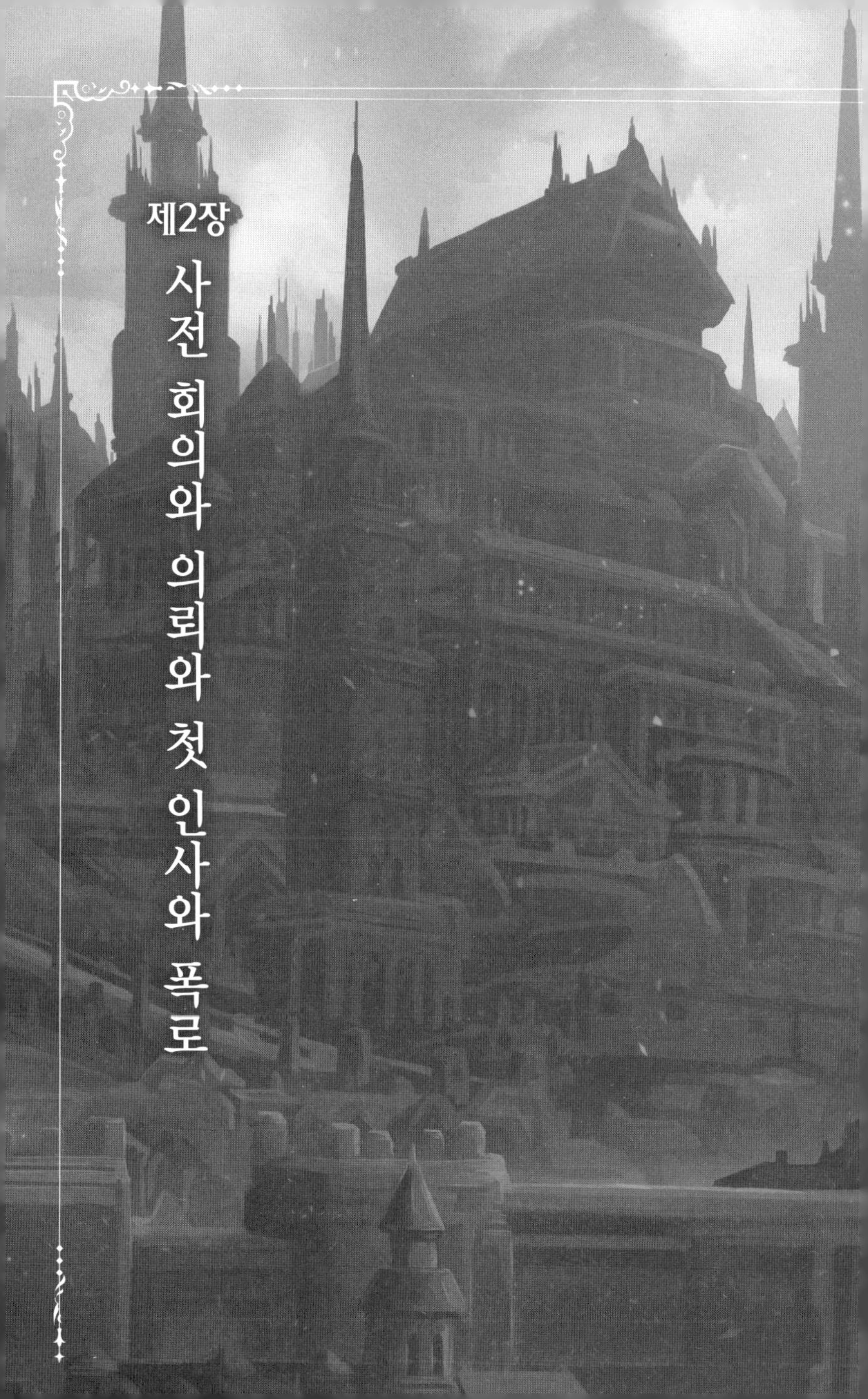

케나와 오푸스가 이벤트에 대해 사전 협의를 하고 있던 시각.

왕도의 교회. 대사제의 집무실에서는 마이마이와 스카르고가 협의 중이었다.

본래대로라면 투기제에 맞춘 이 시기에 매년 개최되는 학원 행사가 있지만, 기사단장과 코랄의 폭주 결투로 인해 스케줄이 대폭 틀어져 버렸다.

"올해는 어째서인지, 예상 밖의 일이 많은 것 같군……."

"혹시 어머님이 밖으로 나오신 게 원인이 아닐까?"

"잠깐, 동생아. 뭐든지 어머님 탓으로 돌리면 후환이 무섭다."

왕도에서 일어나고 있는 소동에는 매번 케나의 그림자가 드리운 것 같아서, 마이마이는 무심코 불쑥 입 밖에 내뱉고 말았다.

그것을 듣고 있던 스카르고도 그 가능성을 떠올렸지만, 뇌리에 어른거리는 어머니의 무서운 미소에 파랗게 질려 마이마이를 타일러 두기로 한다.

이번 협의는 학원 행사에 파견하는 인원 등을 결정하는 자리다.

말은 그래도 매년 있는 행사라서 파견할 인원은 미리 정해져 있다.

확인을 위해서라고는 해도 이렇게 얼굴을 마주하는 건, 가까이 있어도 좀처럼 만날 기회가 없는 남매의 교류도 겸하기 때문이다.

이 학원 행사의 내용은, 왕도 밖에서 이루어지는 서바이벌 실습이다.

어째서 투기제 전후에 그런 실습이 있는가 하면, 이 시기만의 이유가 몇 가지 존재한다.

우선은 펠스케이로에 모험가나 실력에 자신 있는 자가 모여듦으로써, 왕도 주변의 마물 위험도가 낮아지는 것을 들 수 있다.

투기제가 개최되는 시기는 어느 숙소나 이른 시기에 가득 차므로, 미리 장기 체류를 예정하는 모험가가 많다.

그리고 그들은 숙박비를 벌기 위해서 왕도 근처의 몬스터 퇴치 의뢰부터 처리해 나간다.

확실하게 안전이 보장되는 건 아니지만, 무리를 짓는 마물이 왕도 주변에서 소탕되면 집단 이동이 편해진다.

게다가 투기제 10여 일 전부터 본격적인 축제 분위기가 되니까, 들뜬 분위기 속에서는 학원 전체가 해이해져 수업을 진행할 상황이 아니게 된다.

어쩔 수 없이 학원도 축제에 녹아들 듯이 교정을 개방하고, 뜻 있는 학생들에 의한 노점이 즐비하게 늘어선다.

그렇게 되면 감독 책임자 이외의 교사가 시간이 나므로, 서바이벌 실습 쪽으로 인원을 돌릴 수 있는 것이다.

이번에는 민중의 스트레스 해소 같은 행사인 투기제가 어중간하게 끝나는 바람에 보충용 축제가 열렸다. 학원 측에서 보면, 축제 분위기만 길어진 결과다.

일단 실습 참가는 희망자에 한하며, '만약 이 실습에서 목숨을 잃더라도, 그 책임은 학원에 묻지 않는다' 는 서약서를 쓰게 된다. 일명, 유서라고도 한다.

교사나 모험가가 호위해도 매년 무언가 예상치 못한 사고로 인해 죽는 자가 끊이지 않기 때문이다.

인솔 교사라 할지라도 모두가 야외 생활에 익숙한 것도 아니다. 틀어박혀 지내는 연구직이 태반을 차지하므로, 모험가가 호위 겸 교사 역도 겸한다.

마이마이는 학원장이고, 궁정 마술사를 맡았던 경위도 있다. 그래서 만약을 대비한 전력으로 꼽히고 있기 때문에, 왕도 밖으로 나가긴 어려운 처지다.

실습 책임자는 주로 모험가나 기사에서 은퇴하고 교직에 종사하는 자들이 임명되고 있다.

"호위는 충분한 거겠지?"

"올해는 공주님이 참가한다고 해서 근위기사단에서 몇 명인가 보내준다고는 해. 매년 참가해 주는 모험가도 모집하기 전에 찾아와 주었고. 어머님께도 참가 의사를 타진해 봤어."

"푼돈으로 어머님을 고용할 생각이야? 그건 바라는 게 너무 많은 거다, 마이마이."

"모험가 나름의 적정가를 매년 제대로 지불하고 있다고! 어머님도 모험가 일을 하시니까, 같은 보수로 일을 맡아주실 거야."

"뭐, 그건 그렇겠지만……."

언성을 높이고 역설하는 동생에게 압도당하는 스카르고. 당사자인 어머니라면 자신들의 부탁을 매정하게 거절하지 않을 것이다.

"교회에서는 작년 참가자들이 참가를 희망해 줬다. 작년에는 수습이었던 자가 올해는 경험자로서 새로운 수습들을 이끌어 주겠지."

"신관이 순조롭게 성장하고 있는 것 같아서 천만다행이야, 오라버니."

"요새는 이 흐름이 확립되어 있으니까. 올해는 왕도 습격 사건도 있었으니 수습이라고 할 만한 자는 적지만."

교회에서는 행사에 치유 담당을 동행시킨다.

포션 등의 물자도 가져가지만, 주목적은 신관을 육성하는 것이다.

베테랑 한 명에 서너 명의 수습 수도사나 수녀를 파견하고, 이들이 실전 분위기에 익숙해지게 하는 것이 목적이다.

기본적으로 여행을 떠날 일이 없으면 왕도 안에서 평생을 보내는 자가 많으므로, 서바이벌 실습은 훈련하기 딱 좋은 기회다.

그래도 올해는 왕도 안에서 몬스터가 날뛰거나 몬스터 무리가 쳐들어오는 사건이 있었으므로, 관계자들은 긴장감 어린 분위기를 접하고 성장했을 것이다.

"하지만 공주님의 호위에 근위기사를 움직이는 건가?"

"기사단장은 그 투기제 일로 여러모로 바쁜 모양이야."

"뭐, 그건 나도 깜짝 놀랐으니까."

태풍이 출현한 듯한 투기장의 참상을 목격했으니, 스카르고도 미간을 찌푸릴 수밖에 없다.

어머니의 파격적인 행위에 익숙해졌다고 생각했지만, 세상에는 숨겨진 인재가 있는 법이라고 깨달은 순간이었다.

당사자인 기사단장은 이번 일의 책임을 지고 일시적으로 그 직무에서 해임되어 막노동 같은 일에 종사하고 있는 듯하다. 그러다 보니 부기사단장 쪽도 일이 산더미처럼 쌓여, 기사단은 분주한 모양이다.

오푸스와 헤어져 펠스케이로로 이동한 케나는 고래 수호자의 방을 경유하여 신전 대기실에 출현했다.

스카르고가 말하기를, 이 방에 누군가(주로 케나)가 출현하면 마도구를 통해서 스카르고가 있는 곳으로 연락이 간다고 한다.

잔뜩 경계하며 기다리고 있었지만, 이펙트를 두른 키 큰 변태는 아무리 기다려도 오지 않았다. 수상한 인물처럼 신전을 나와 옆에 있는 학원으로 향한다.

문지기는 쾌히 케나를 통과시켜 주고, 학원장에게도 연락해 주었다.

"갑작스러운 방문이지만, 알려주는 것만으로도 편리하네."

"편리, 편리~."

케나가 감탄하고 있자, 쿠가 즐거운 듯이 말을 따라 하며 주위를 날아다니고 있었다.

편하게 날아다니고 있지만, 사람의 기척이 적은 교사 내이기에 가능한 짓이다.

"아, 케나 씨!"

"어머, 론티."

학원장실로 향하며 복도를 걷고 있자, 서류 뭉치를 든 론티가 앞에서 다가왔다.

몇 번인가 얼굴을 마주쳐서(몇 번은 보이지 않을 때) 론티에게 익숙해졌는지, 쿠도 굳이 숨거나 하지 않는다.

"이런 때도 공부하는 거야?"

"에? 아! 아, 아니요. 이건 좀 달라요!"

서류 뭉치를 보고 웃는 케나에게, 론티는 황급히 변명한다.

당황할 필요는 없을 텐데, 왠지 모르게 강하게 부정해야만 할 것 같았기 때문이다.

"장래를 위해서 지금부터 행사 감독에 익숙해지라고 할아버님께서 말씀하셔서요. 이번 학원 행사에 사용할 물자 조달을 담당하게 되었습니다……."

"어머나."

"지금부터 학원에서 확보한 창고에 가 짐을 반입할 예정이에요."

"혼자서 괜찮아?"

"아, 네. 마찬가지로 졸업하면 문관이 될 분들도 도와주실 거라서요."

"그렇구나. 다행이네."

케나가 응응 하고 고개를 끄덕이며 웃어 보이자, 론티의 얼굴이 새빨갛게 물든다.

"그, 그래요. 그래서 케나 씨는 학원장님께 가시는 건가요?"

"응응. 그 학원 행사에서 호위를 해줄 수 없겠냐고 의뢰를 받아서 말이야."

"케나 씨가 호위해 주신다면, 공주님도 저도 엄청 안심할 수 있겠네요!"

기뻐 보이는 론티의 반응에 얼굴 표정이 절로 풀어지지만, 케나는 대답 속에 심상치 않은 단어가 섞인 것에 "역시나." 하며 이마를 짚는다.

"마이마이에게 듣긴 했지만, 마이도 참가하는구나. 론티가 참가하는 것도 진짜 이상하지만. 마이는 차기 여왕님이잖아. 그래도 괜찮은 거야?"

론티는 조금 머뭇거리는 눈치였지만, 말해도 문제없다고 판단했는지 입을 열었다.

"네. 모르는 사람이 보면 걱정하는 것도 당연하지만, 왕족으로 태어난 이상 자기 일은 스스로 할 수 있게 되는 것이 의무예요."

"도시 밖에 나가서 야영하는 것도 포함되는 거야?"

"뭐, 뭐어, 그렇네요."

론티 자신도 완전히 납득한 건 아닌 듯하다. 황당해하는 케나의 말에 반론하지 않고, 엉뚱한 데로 시선을 돌리고 있다.

"헤에…… 그런 풍습이라고 생각하면 되는 걸까?"

"풍습인가요? 뭐, 비슷한 것 같기도 하고, 아닌 것 같기도 하고……."

뺨에 손을 대고 복잡한 표정을 지은 론티는 자신이 품에 안고 있던 것이 무엇인지를 떠올리고는 갑자기 당황하기 시작한다.

"아, 죄송합니다. 오늘은 이쯤에서 실례할게요, 케나 씨."

"지금부터 짐을 반입해야 하는구나. 붙잡아서 미안해."

"네. 호위 일은 잘 부탁드릴게요. 이만 가보겠습니다."

꾸벅꾸벅 머리를 숙이며 계단으로 가는 론티에게 손을 흔들면서, 케나는 "어쩔 수 없나."하고 중얼거리며 주먹을 쥔다.

"호위, 할 거야?"

"마이마이도 부탁했고 말이야. 론티가 저렇게 말해버리면, 안 할 수도 없잖아?"

"흐응."

어깨 위로 돌아온 쿠가 고개를 갸웃거리자, 케나는 고개를 끄덕였다.

이왕 할 거라면 최선을 다해야지, 안 그러면 스킬 마스터의 이름이 울 거야. 그런 식으로 결의하지만, 그것마저도 지나치다는 생각은 별로 없었다.

그 의욕이 꺾이는 건, 모두의 작업 풍경을 목격하고 나서이다.

학원장실 문을 똑똑 두드리자 "네, 들어오세요." 라고 하는 마이마이의 목소리가 들렸다.

일단 "실례합니다." 하고 문을 열자, 실내에는 마이마이 말고도 교직원으로 보이는 두 인물이 있었다.

사람의 기척을 느낀 쿠가 황급히 케나의 등 뒤로 숨는다.

케나가 문에서 얼굴을 보이자, 진지한 표정으로 두 사람과 이야기 중이던 마이마이의 얼굴이 확 펴졌다.

"어머님!"

""어?!""

"아, 잠깐!"

닌자 같은 움직임으로 집무용 책상을 우회한 마이마이는 어안이 벙벙해진 교직원들을 아랑곳하지 않고 팔을 크게 벌려 케나에게 안기려 했다.

케나는 이에 손바닥으로 얼굴을 움켜쥐는 것으로 대응했다.

"으갸갸갸갸갹?!"

""학원장님?!""

"남들 보는 앞에서 안기려고 하지, 말랬지!"

얼굴을 붙잡으며 힘이 빠져 주저앉는 딸에게 당부하고, 곤혹스러워하는 교직원들에게 인사한다.

"너무해요~ 어머님~."

"자기 직장에서 교태 부리는 소리를 내는 거 아니야."

기가 막힌 케나의 말에 동의한 건 뜻밖에도 "응응."하고 고개를 끄덕이는 교직원들이었다.

자유분방한 학원장의 성격에 적잖이 고생하고 있는 듯하다.

중단한 이야기를 "계속하세요."하고 재촉해 보았지만, 교직원들은 "나중에 다시 하겠습니다."라며 학원장실을 나간다.

그때 웃는 얼굴로 "학원장님, 이야기가 끝나도 방에 계세요."라고 압박하는 걸 잊지 않는다. 뾰로통해진 딸에게 "무슨 사고를 친 거야?"라며 케나도 황당해하는 표정을 짓는다.

문이 닫히는 것을 보고 있던 케나가 "방해했으려나……."하고 뺨을 긁적인다.

"방해~ 방해~♪"

"쿠. 노래 부르지 말랬지!"

숨어 있던 쿠가 설렁설렁 나와 가락을 붙여 노래하기 시작한 것을 본 케나가 도끼눈을 뜬다. 킥킥 웃으며 그것을 무시한 쿠는 부활한 마이마이의 어깨에 착륙했다.

"아, 아파라. 어머님, 조금은 살살해 주세요."

"살살한 거 맞아. 안 그랬으면 사과처럼 으스러졌을걸."

"히익!"

"연기가 별로야~."

뺨을 손으로 누르고 부르르 떠는 연기를 한 마이마이는 케나에게 소파에 앉을 것을 권하고, 그 맞은편 자리에 앉았다.

"와주셔서 감사합니다, 어머님."

"어째서 그런 태도를 처음부터 보여주지 않는 걸까?"

"그건 뭐, 조건반사라고 할까요, 어머님에 대한 사랑이라고 할까요……."

"스카르고처럼 빛나지 않는 것만으로도 그나마 나은 편이지만 말이야."

카타츠를 제외하면 모두 그런 애정 표현인 건 포기하는 게 빠를지도 모르겠다.

케나는 속으로 머리를 짚고 한숨을 푹 쉬었다.

"그래서 말인데, 물어보고 싶은 게 있다는 용건은 다 끝내신 건가요?"

"으음, 그쪽은 확인했는데 말이야. 상황은 나빠졌지만."

"또 왕도에서 무슨 문제라도 생긴 건가요?"

"아니야. 이쪽 이야기려나. 호위 이야기는 수락하는 걸로 알면 돼. 몇 가지 조건을 덧붙여야겠지만."

"조건, 인가요? 혹시 하루밖에 못 하신다 같이, 시간에 제한이 있는 걸까요?"

"비슷한 걸지도. 일단 때가 올 때까지는 한가하니까, 그 야외 체험에는 2박이든 3박이든 어울려 줄 수 있지만. 도중에 일시적으로 자리에서 이탈하는 것을 허가해 줬으면 해."

마이마이는 눈을 감고 생각에 잠겼다가, 잠시 후 고개를 끄덕였다.

“누군가 대리인이 될 분을 두고 가신다면, 괜찮을 거예요. 동행하는 교직원들에게는 제가 전할게요. 공주님께는 직접 말씀해 주세요.”

“허가하는 거야?!”

자신이 먼저 말을 꺼내긴 했지만, 순순히 고개를 끄덕이는 마이마이에게 케나는 놀라움을 감추지 못한다.

“그야 평범한 모험가가 농땡이를 부리려고 그런 말을 꺼낸다면 허락하지 않겠지만, 어머님이시니까요. 어머님은 일을 맡고서 도중에 내팽개치겠다고 말씀하시진 않을 거고요. 하지만 혹시 대수롭지 않은 이유인가요?”

“아니, 앞으로 대륙의 운명을 좌우할 중요한 이유가 맞습니다, 응!”

황급히 케나가 다시 한 말을 듣고, 마이마이는 미간을 찌푸렸다.

“대륙의 운명이라니, 그렇게 심각한 사태가 임박한 건가요! 그쪽을 우선하지 않아도 되나요?!”

마이마이가 아는 한 케나는 견줄 자가 없는 강자이다.

그런 존재가 ‘대륙의 운명을 좌우한다’ 같은 말을 꺼내면, 이 세상 어딘가에서 아무도 모르게 미증유의 대재해가 발생하고 있는 듯한, 한시를 다투는 사태라고 생각할 수밖에 없다.

케나는 몸을 불쑥 내미는 마이마이의 어깨를 누르며 “때가 되면 말이야." 하고 달랬다.

"때라니, 어머님 말고도 관계자가 있거나 하나요?"

"뭐, 그 일은 오푸스가 총괄하고 있으니까. 신호가 올 때까지 나는 한가하거든."

"백부님께서……. 실례했습니다."

간단히 물러서는 마이마이의 태도에서 오푸스의 신용도가 높다는 것을 확인한 케나는 의기소침해진다.

아무리 아버지의 형(지어낸 이야기)이라고 소개받았다고는 해도, 갑자기 나타난 마인족 남자를 너무 믿는 거 아니냐고.

『침착하고, 겉모습이 어른스러운 남성이라는 것만으로도 안심감이 다른 게 아닐까요?』

(키. 내가 애 같다고 깎아내리는 거 아니겠지?)

『실제로, 17세 아이 아니십니까.』

(크윽, 팩트를 들이대면 찍소리도 못 하니까 짜증이 나…….)

"어, 어머님?"

갑자기 분한 듯한 얼굴을 하고 존재감이 한층 커진 어머니를 본 마이마이는 혼나나 싶어서 몸을 움츠렸다. 하지만 그건 괜한 걱정으로 끝났다.

『화풀이는 보기 흉하다고 생각합니다만.』

키의 충고로 마이마이가 겁에 질린 기색인 것을 알아차린 케나는, 살짝 심호흡하고 분노를 거두어들인다.

"미안해, 마이마이."

"갑자기 왜 그러세요, 어머님?"

"아니, 조금 이상하게 아이들이 잘 따르는 오푸스에게 질투했다고 할까……. 뭐, 그건 일단 넘어가고, 호위는 마이에게 붙어 있으라는 걸로 이해하면 되는 거지?"

"네. 되도록 공주님 곁에 꼭 붙어 있어 주세요. 손이 비면 다른 학생들도 부탁드려요."

"다른 모험가도 참가하잖아. 그쪽은 맡길 수 있는 거 아니야?"

"어머님 말고도 모험가 파티 두 팀과 근위기사 몇 명이 더 참가해요."

"근위기사? 평범한 기사가 아닌가 보네. 역시 왕족은 특별한 걸까."

이 말에는 마이마이도 떨떠름한 얼굴을 한다.

고개를 갸웃거린 케나가 물어보자, 실제로는 전혀 다른 이유였다.

"지금은 기사단장이 속죄로 여기저기 다니고 있어서, 기사단도 여러모로 바쁘거든요. 그래서 급하게 근위기사에게 맡기게 됐어요. 아, 여기사들만 모아서 불편하진 않다고 해요."

"애초에 모험가랑 기사들 사이도 나쁘다고 들었는데? 그게 샤이닝세이버 탓이라고 들었거든?"

"그 사정은 저도 잘 몰라서요. 죄송합니다, 어머님."

학원장이라고 해서 뭐든지 다 자세히 아는 건 아닌 듯하다.

케나가 가진 정보도, 모험가가 된 지 얼마 안 됐을 무렵에 길드에서 슬쩍 들은 정도라 별로 정확하지 않다.

케나는 몰랐지만, 아비타에게 들들 볶인 샤이닝세이버가 태도를 바로잡은 덕분에 지금은 기사단과 모험가 사이의 관계는 개선되었다고 한다.

"게다가 호위해야 하는 학생들이라니, 몇 레벨 이하인 거야?"

"몇 레벨 이하라고 할까……. 어머님에 비하면, 너나 할 것 없이 햇병아리나 마찬가지라서요."

"아니, 어느 정도 레벨까지의 몬스터를 대줘야 안전한 걸까 해서."

게임 중 초보자의 사냥을 뒤에서 지켜보던 때를 떠올리고, 입가에 미소가 절로 번진다.

'그렇게 풋풋한 느낌일까?' 하고 생각하고 있자, 눈앞에 있는 마이마이가 성대하게 한숨을 쉬었다.

"아뇨. 애초에 실전 훈련이 아니에요. 야외 학습이니까요! 절반 이상은 비전투원이 동행하니까, 위험 요소는 모험가분들께서 처리해 주셔야 해요."

"아, 그런 훈련이구나. 알았어. 여태껏 밖에 나가서 마물을 사냥하는 훈련인 줄 알았거든. 마이마이도 참, 먼저 그걸 말해줘야지."

"하아~ 설명이 부족했던 건 반성했으니까, 당일에는 잘 부탁드릴게요."

"나만 믿어! 마이랑 론티는 새하얀 상태로 돌려보내 줄게!"

"……왠지 오히려 불안이 더 커졌는데요."

머리를 짚은 마이마이에게, 케나는 "왜!" 하고 비명을 질렀다.

"출발은 아침 일찍이야?"

"그 부분은 이렇다 하고 딱 정해져 있지는 않아요. 오전 중에 모이고, 해가 넘어갈 무렵에 도착할 거예요. 아마도……."

"엉성하네."

"일행 중에는 귀족도 있으니까요. 실습 중에는 별로 신경 쓰지 않으셔도 되지만요. 자세한 이야기는 같이 가는 모험가에게 물어보세요. 어머님은 그쪽이 더 이야기하기 편하실 테고요."

케나는 당연히 해가 뜨자마자 움직이기 시작할 거라고 생각했기에, 마이마이의 말을 듣고 다소 김이 샜다. 원래 세계의 학교 행사 상식을 적용해서는 안 되는 듯하다.

떠날 무렵 "모험가 길드에 의뢰를 냈으니까, 잊지 말고 수주해 주세요."라는 말을 들었다. 그래서 강을 걸어서 건넌 뒤 모험가 길드로 향한다.

그리고 강기슭에서 그물 손질을 하고 있던 어부들과 인사를 나누다가 퍼뜩 깨닫는다.

"그렇구나. 이렇게 튀는 짓을 하니까, 플레이어가 접근하지 않는 걸까?"

『그럴 가능성은 크다고 봅니다. 플레이어라는 것을 들킬까 봐 두려워하는 것이 아니라, 동류로 인식되는 것이 무서운 건 아닐지.』

"아바타를 자기 자신으로 인식하지 않는 걸까? 아무튼, 적극적으로 다가오는 동포는 없다는 거네."

코랄이나 샤이닝세이버는 숨어 지내는 플레이어를 알고 있을까? 그렇게 생각해 보기도 했지만, 한 번도 귀띔해 준 적이 없는 것으로 봐선 케나와 마찬가지로 그 사실을 모르는 게 아닐까? 하는 생각에 이른다.

"아니지. 알고 있으면서 방치하고 있는 걸지도 모르니까."

"알면 돌격할지도 모른다고 생각했을지도~."

머리카락 속에서 불쑥 얼굴을 내민 쿠가 즐거운 듯이 말했다.

제아무리 케나라도 면식도 없는 플레이어의 집에 갑자기 방문할 용기는 없다.

"그렇게 소란스러운 캐릭터로 찍혔다면 좀 충격인데."

모험가 길드에 도착해서 안을 둘러보지만, 코랄만큼 친한 사람이 없었기에 카운터로 향한다.

최근에는 전속처럼 되어가는 직원 아르마나에게 학원에서 나온 의뢰에 대해 묻자, 재빠르게 수주 처리를 해주었다.

"네, 이걸로 끝났습니다."

"고마워요, 아르마나 씨."

"케나 씨의 경우, 학원장님이 따님이니까, 그쪽에서 의뢰를 받으신 건가요?"

"정답. '부탁드려요' 라면서 매달리고 고개를 숙이더라고."

미묘하게 사실과 다르지만, 자세히 말할 생각이 없는 케나는 농담처럼 흘려넘긴다.

하지만 아르마나를 비롯한 직원들은 농담으로 받아들이지 않은 듯, 모두가 뺨을 실룩거리며 "하하하……, 그랬나요." 하고 허탈한 웃음을 흘리고 있었다.

"그러고 보니 장소를 안 물어봤는데, 언제, 어디에서 모이면 되는 거야?"

"2일 뒤 서문 앞입니다. 직접 들었다면 그런 걸 가장 먼저 확인해야죠."

"네, 죄송합니다."

혼나 버렸기에 순순히 사과했다.

지난번 습격으로 뚫린 커다란 구멍은 길드에서 모집한 흙 마법사들의 활약으로 메워져 무사히 사람이나 짐마차의 통행이 가능해진 듯하다.

"다른 모험가분들과 만나면, 대화로 좋은 인상을 주는 게 좋을 거예요. 사전 교섭은 중요하니까요."

"오호라, 과연."

같이 파티를 짜는 것도 친한 사람밖에 없고 최종적으로는 솔로 플레이가 많았던 케나로선 그러한 조언에는 고개가 절로 숙여질 따름이다.

자동 기록 담당(=키)에게 아르마나의 조언을 전부 메모에 적게 하고, 커뮤니케이션의 자양분으로 삼기 위해 전부를 머릿속에 집어넣는다.

모험가 길드를 뒤로하고, 아이템 박스의 비축량이 줄었기에 시장에 들러 채소나 고기 같은 신선 식료품을 중심으로 사들인다.

“아슬아슬했네. 식료품을 사서 시이에게 주는 습관이 생겨서, 먹을 것이 꽤 비어 있었어.”

“평소~ 안 써~.”

“쿠가 먹을 것도 있으니까…… 그나저나 쿠는 어떡할래? 모르는 사람이 많은데, 같이 갈 거야?”

“음~.”

변경 마을이라면 자기 세상인 양 날아다니지만, 사람에게 익숙하지 않은 쿠의 경우, 이번 의뢰로 가는 곳에서는 계속 케나의 머리카락 속에 숨어 있는 수밖에 없을 듯하다.

“루카랑 같이 마을에서 집 보는 것도 괜찮지?”

“어? 싫-어-!”

루카도 쿠와 함께라면 외롭지 않을 거라고 생각해서 제안하자, 쿠는 능숙하게 공중에서 떼를 쓰기 시작했다. 바닥에 뒹굴며 싫다고 하는, 말 안 듣는 아이처럼.

“싫어싫어싫어싫어싫어!”

“어어…….”

어떻게 할지 난처할 때, 이번에는 케나의 머리카락을 붙잡고 좌우로 잡아당기기 시작한다.

“싫-어-! 싫-어-!”

“아야야야얏?! 알았어! 알았으니까! 아파?! 데려갈 테니까 그만 잡아당겨!”

아픔에 당황한 케나가 앞서 한 말을 철회하자, 지금까지 울상이었던 쿠가 순식간에 활짝 웃는 얼굴로 바뀐다.

“야호-!”

“으음. 서브 시스템이란 건 떨어져 있으면 효과가 없는 걸까? 마을에서는 종종 내 곁에서 떨어지는데, 밖에 갈 때만은 꼭 따라오는 건 그런 이유일까?”

공중에서 깡충깡충 뛰며 만세삼창을 하는 쿠를 보며, 케나는 고개를 갸웃거렸다.

만약을 위해, 행동 계획표 같은 것을 오푸스에게 제출해 둔다.

어디어디에 간다, 도중에 결계의 상태를 확인한다, 3일이면 끝, 같이 대략적인 것이기는 하지만, 없는 것보다는 낫겠다고 생각해서다.

뭐, 취지는 의뢰 중에 방해받지 않기 위함이다.

“마이마이에게 여행 일정표 같은 걸 부탁할 걸 그랬네.”

“아무리 학원이라고 해도, 전생과 같은 관리 체제로 만들라고 하기는 어렵겠지.”

“고레벨 마물이 나타나면 내가 전면에 나설 수밖에 없을 것 같지만 말이야.”

“뭐, 필요해지면 사전에 연락 정도는 하마.”

"넌 이쪽의 예정을 가끔 무시하니까 말이야."

"그랬던가?"

"이제 와서 시치미 떼지 마."

게임 시절에는 퀘스트 중 갑자기 나타나서, 이래저래 계략에 휘말리는 일도 종종 있었다.

소규모 인원으로 대군을 상대하는 비책의 예행연습이라든가, 다음 전쟁이 시작되기 전에 상대의 진지에 잠입해서 함정을 설치한다든가. 지금 생각하면 멀쩡한 짓을 한 게 없다.

"흥흐흐흐~응♪ 흐흐흥흐흐~응♪"

옛날 일을 떠올리기는 했지만, 하늘이 쾌청하니 발걸음도 가볍다.

좋은 날씨에 이끌려, 기분도 조금은 좋아져서 뛰쳐나가고 싶을 정도다.

"그러고 보니 옛날에 날씨 좋은 날 병원 안뜰을 뛰어다니던 아이들의 소리를 듣고 뭐가 저렇게 즐거울까? 하고 생각했었는데. 이런 상태가 되어 보니 납득도 되네."

케나는 병실에서 그저 햇빛에 비친 벽이 하얀색에서 누렇게 변해가는 경과를 바라보던 나날을 떠올리며 나직이 중얼거린다.

당시에는 병실로 놀러 온 친한 소녀에게 '언니도 밖에서 놀 수 있으면 좋은데.' 라는 말을 듣고, '언젠가는 말이지.' 하고 대답했던 기억이 있다.

하지만 그때는 이미 목 아래를 움직일 수 없었고, 팔다리는 완전히 말랐다.

그 이후의 삶이 있었다고 해도 제대로 움직일 수 없다면 재활 따위는 꿈도 못 꿨을 것이다. 너무 섣부른 약속이다.

일단 의료 기술적으로 전신을 통째로 재생 치료하는 수단도 있었지만, 그것이야말로 천문학적인 치료비가 들었을 것이다.

숙부가 그 수단을 이용할 것을 제안했지만, 도저히 그만한 치료비를 부담시킬 수는 없다고 생각했기에, 자기 몸이 완치되는 미래는 상상조차 하지 않았다.

그 이후가 돌고 돌아 지금의 이 상태인 셈이니, 인생은 어떻게 될지 모르는 법이다.

"뭐, 이 인파도, 그렇게 기분 좋은 사람들의 집합체라고 생각하면 되려나."

다소 달관한 느낌으로 주위를 둘러보았다.

펠스케이로의 서쪽 상점가라고도 할 수 있는 거리는 평소와 달리 여기저기 온통 사람들로 가득했다.

여기저기 길가에 노점이 즐비하게 서 있고, 먹을 것이나 진귀한 물건을 찾아 사람들이 계속해서 돌진하고 있었다.

시내 중앙로 근처라면 몰라도, 이 근처 바닥에는 돌 블록 같은 것은 없다.

단단하게 다져진 바닥이 울퉁불퉁해서, 조금 걷기 불편할 정도다.

케나의 키가 작은 탓도 있어서, 인파에 휩쓸리며 붐비는 거리를 걷는 건 여간 힘든 일이 아니다.

"위쪽이 이동하기 더 편할지도?"

길 좌우로 늘어선 건물 지붕이 몇 배는 낫다고 생각한 케나는 일단 좁은 골목으로 들어가 혼잡함 속에서 탈출했다.

어느 쪽이든 보는 사람이 많으므로, 지붕을 이동하는 건 【은신】과 병행해야 한다.

우선은 큰길을 벗어나 뒷골목을 이동해 보았지만, 이것이 다른 의미로 이동하기 어렵다.

여기저기에 누더기를 몸에 걸치고 벽에 기대어 있는 유민들이 있는가 하면.

몇 명이서 몸을 맞대고 꿰뚫을 듯한 시선으로 올려다보는 고아들이 있는가 하면.

퀭한 눈으로 어딘지도 모를 공간을 올려다보며 헛소리를 중얼거리는 이상한 사람이 있는가 하면.

급기야 기막힌 우연의 일치인 것처럼 쓸데없는 소동이 제 발로 찾아왔다.

무언가 기척을 지우면서 이동하고 있던 수상한 검은 복장 집단(케나이 패시브 스킬 앞에서는 현지인의 【은밀】도 의미 없음)과, 딱 마주치게 된 것이다.

"우와, 수상한 녀석들을 발견해 버렸다!"

"흠, 네 이놈! 우리를 감지하다니, 고수로구나!"

"저기, 어느 시대극에서 오셨어요?"

유난히 고풍스러운 말투를 쓰는 수상한 검은 복장 집단을 이끄는 리더가, 쇼트 소드를 꺼내 전투 준비를 한다.

거기에 맞춰 뒤따르는 녀석들이 사슬낫이나 수리검 등을 꺼내는 것을 보고, 무엇에 영향을 받은 거냐는 의문이 솟아오른다.

상대방은 케나를 방해꾼으로 착각하고, 더 할 말이 없다는 것처럼 덤벼들었다.

"신고당하면 귀찮다! 전원 공격하라!"

좁은 길목이라 케나가 불리하다고 판단했는지 거미처럼 벽에 달라붙거나 날다람쥐처럼 덤벼들거나 하며, 위와 좌우에서 공격하려 했다.

애초에 게임 속 전투의 경우 덤벼드는 것이 레벨 500이 넘는 플레이어들뿐이었기 때문에, 그런 것과 비교하면 너무 약해 빠졌다.

【매직 스킬 : 뇌격마비망(잠파라트) : ready set】

"떨어져, 날파리들."

"""꺼윽?!"""

물론, 케나는 친절하게 대응해 주었다. 전방위에 마비 효과를 가진 전격 그물을 날린 것이다.

파지지직 하고 노랗게 번쩍이는 빛이 뒷골목의 한쪽을 물들이자, 검은 복장의 사람들은 우수수 떨어져 바들바들 경련했다.

애처롭게도 검은 복장 집단은 한 명도 남김없이 살충 스프레이를 맞은 모기처럼 진압되었다.

다소의 그을음이나 상처는 있지만, 살아있는 것만으로도 다행이겠지.

그것을 케나는【중력 마법】으로 바닥에 착 달라붙게 한 뒤, 순찰 중인 병사를 부르러 가려고 했다.

하지만 쿠가 "불렀어." 하고 즐거운 듯이 말하기에 가리키는 쪽을 보니, 큰길에서 이쪽으로 유도하듯이 공중에 붉은 화살표가 늘어서 있다.

호기심에 이끌린 구경꾼이 몇 명인가 얼굴을 내밀어서, 그 사람들에게 "수상한 사람들을 붙잡았으니 위병을 불러 주겠어요?" 라고 말하자, 순순히 고개를 끄덕여 주었다.

그때 케나를 보고 "아아, 강 건너는 아가씨인가." 하고 납득하는 건 좀 아니라고 본다.

부랴부랴 달려온 위병들에게 신분 증명용 등록 카드를 보여주고, 수상한 녀석들을 넘겼다.

그중 몇 명은 케나를 알고 있는지 여러모로 알아서 파악해 준 듯, 딱히 붙잡히지는 않았다.

"나중에 모험가 길드 쪽으로 사례를 전하지."

"치안 유지에 협력해 줘서 고맙다."

감사 인사를 받자 갑자기 부끄러워졌지만, 슬쩍 인사하고 약속 장소로 서두르기로 한다.

"어째서 이럴 때 성가신 것에 걸리는 걸까?"

『평소 행실의 결과가 아닐지?』

"소동 제조기가 된 기억은 없는데……."

언제나처럼 신랄한 키의 말을 질색하며 받아들인다.

이럴 줄 알았으면 순순히 붐비는 큰길을 걸을 걸 그랬다고, 케나는 절실히 실감했다.

서문 부근의 광장에 이르러 겨우 인파에서 빠져나온 케나는 한숨을 쉬었다.

여러 사람이나 물건에 부딪힌 어깨를 빙빙 돌려가며 푼다.

"하아……. 아아, 이럴 줄 알았으면 그냥 지붕 위로 이동할 걸."

서문 밖에는 학원 학생으로 보이는 몇몇 사람이 모여 있었다.

아직 점심이 되기엔 한참 이른 시간이지만, 교직원과도 같이 담소하는 모습을 볼 수 있었다.

그곳에서 조금 떨어진 곳에 무장한 모험가 집단이 서 있었다.

문지기에게 등록 카드를 건네고 밖으로 나가는 수속을 마치고, 케나는 집단에 있던 낯익은 인물을 향해 손을 흔들며 다가갔다.

"야호, 코랄. 며칠 만에 보네~."

"어어, 케나? 너도 이거에 참가하는 거야? 갑자기 여기만 안전지대가 됐을지도 모르겠군."

"아니지. 아무리 그래도 나 하나 합류했다고 그렇게 생각하는 건 위험하지 않을까?"

게다가 케나가 주로 지킬 대상은 공주님과 그 수행원이다.

그렇다고 다른 학생을 안 지키겠다는 건 아니지만, 케나의 전력은 본래 섬멸전에 적합하므로, 웬만하면 전면에 나서고 싶지 않은 것이 본심이다.

주로 주위에 끼치는 피해가 엄청나기 때문이다.

코랄이 소속된 모험가 파티, 〈개선의 갑옷〉 사람들과도 인사를 주고받는다.

"케나 씨도 여기에 참가하시는 건가요?"

"네. 딸, 이랄까 학원장에게 직접 부탁받아서요."

"하하아. 그거 고생하셨네요."

〈개선의 갑옷〉에서 리더를 맡고 있는 남자 마법사도 쓴웃음을 지었다.

대체 마이마이는 모험가들에게 어떤 인상을 주는 걸까. 이 반응으로 보아 다들 어려워하는 것 같다는 감은 잡았지만, 한번 설문조사라도 해봐야 할지 모르겠다고 케나는 생각한다.

다음에 케나에게 악수를 청한 건, 또 다른 모험가 파티인 〈준마〉였다.

이쪽은 30대쯤으로 보이는 남성 두 명과 여성 두 명으로 이루어진 4인조로, 탐색과 척후가 특기라고 한다.

"잘 부탁해, 강 건너기 아가씨."

"강……?!"

악수하다가 상대가 부른 별명에 그대로 굳어버렸다.

아무래도 모험가들 사이에서는 그 별명으로 고정된 모양이다.

코랄이 반사적으로 "푸하!" 하고 웃음을 터뜨리고는, 어깨를 떨며 조용히 웃고 있다.

원망스럽게 그쪽을 째려보니, 다른 멤버에게 옆구리를 세게 찔리고는 괴로워했다.

한편, 악수한 〈준마〉의 남자 리더는 여자 멤버에게 "야!" 하고 한 대 맞고는, "미안해." 하고 사과해 주었다.

"당신은 여러모로 소문이 많아서. 대사제의 어머니라든가, 방어전 때의 공로자라든가. 그래서 어떻게 대해야 할지 고민했단 말이지."

"그렇다고 여자한테 강 건너기는 아니죠, 강 건너기는!"

"지르도는 여자 마음을 좀 더 배워!"

여자 멤버 두 사람이 케나를 대신해 지르도라고 불린 리더를 꾸짖었다.

"저기?"

"아아, 미안하군. 다음엔 조심하지. 다시 소개하마, 모험가 파티 〈준마〉의 리더를 맡은 지르도다. 짧은 기간이지만 잘 부탁한다."

여자 멤버 두 사람은 등 뒤에서 작게 손을 흔들거나, 윙크를 날리거나 하고 있었다.

"네. 케나라고 합니다. 잘 부탁해요."

조금은 충격을 받았지만, 저지른 일은 사실이므로 케나는 "신경 쓰지 않으니까요."라고만 말해 둔다.

〈은색 고리의 마녀〉보다는 강 건너기 별명이 훨씬 나으니까.

한숨 돌린 케나의 어깨를 코랄이 가볍게 두드린다.

"이봐, 강 건너기 양반. 지금 기분은 어때?"

"나 같은 것보다 〈지고의 검사〉님이 계시니, 학생들도 마음이 무척 든든하지 않을까."

"큭……."

아픈 곳을 찔려서, 이번에는 코랄이 쓴웃음을 지으며 입을 다물었다.

싱글벙글 웃는 케나를 보고, 항복이라며 두 손을 든다.

"자기가 당해서 싫은 일은, 남에게도 하지 말라고 배우지 않았어?"

"미안하다니까. 다시는 말 안 할 테니 용서해 줘."

그때 "잠깐 괜찮을까?"라며 지르도 일행이 다가왔다.

그 태도만으로 여러 가지를 파악한 코랄은, 자기 파티 멤버를 불러 모은다.

"뭐지?"

"지금 미리 어느 정도의 로테이션을 정하고 싶군. 이동지에 도착하면 뒤치다꺼리가 우선되어서 상의할 겨를이 없을 테니까."

"그렇네요. 이번에는 케나 씨가 합류했으니까, 확인을 위해서라도 조율은 필요하겠죠. 우리는 저번과 같아도 괜찮습니다."

아무래도 〈개선의 갑옷〉과 〈준마〉는 이 행사에 관여한 지 오래된 듯하다.

일단 케나도 자기 임무를 알려둘 필요가 있다고 생각해 슬쩍 손을 든다.

"먼저 말해두겠는데, 내 임무는 특정 인물의 호위야."

"아아, 그건 들었다. 무슨 정신 나간 짓인지 왕족이 참가한다더군. 그건 그렇고 케나는 야간 불침번에 참가할 수 있나?"

"지르도, 불경죄예요."

"여기서만 한 이야기로 해달라고. 그러면 괜찮겠지."

동료에게 핀잔을 듣고, 지르도는 한 손으로 사과한다.

전부 다 듣고 있던 〈개선의 갑옷〉 사람들은 쓴웃음을 지으며 고개를 끄덕이고 있었다.

케나도 딱히 왕족에 얽매이는 건 아니므로, 똑같이 듣지 못한 척을 한다.

"그건 잠시 마이, 가 아니라, 호위하는 인물에게 물어봐야 할지도?"

"아는 사이인가……?"

"친구, 려나. 방금 같은 폭언을 들었다고 해도, 화내거나 하지는 않을 거라고 생각하는데."

케나의 억측 섞인 말을 듣고, 모두가 안심한 듯이 가슴을 쓸어내리고 있었다.

대체로 진지한 얼굴은 본 적이 있어도 마이리네가 화내는 건 본 적이 없어서, 그런 부분은 정말 억측에 불과하지만.

"그리고 야간 불침번이라면, 내가 소환수를 부를 건데?"

"""뭐……?"""

아무렇지 않게 한 케나의 말에, 그 자리에 있던 사람들이 한 명을 제외하고 물음표를 띄운다. 소환수라는 말이 일반적이지 않다는 것을, 케나만이 모른다.

"잠깐잠깐잠깐잠깐! 네가 부르는 소환수는 터무니없잖아!"

유일하게 사정을 아는 코랄만이 모두의 반응에 의아한 얼굴을 하는 케나를 말렸다.

일단, 그 자리에서 떨어진 곳으로 케나를 데려간 코랄이 귓속말한다.

"소환수를 펑펑 사용할 수 있는 녀석은 별로 없으니까, 좀 자제하라고."

"그래? 하지만 이번에 도중에 잠깐 자리를 비울 일이 있어서 말이야. 대리 호위를 그 아이에게 부탁하려고 생각했었는데."

"어째서 도중에 자리를 비울 필요가 있는 건데?"

"차국의 결계가 근처에 있고, 게다가 그게 약해지고 있다나 봐. 상태를 확인하러 가볼까 해서……. 아, 이거 코랄네한테 말해도 되는 정보였나?"

입단속을 시키지 않은 오푸스에게도 문제는 있지만, 코랄이 플레이어라는 것을 아는 케나도 마음이 해이해져 있었다.

그래서 무심코 이야기 중에 정보를 흘리고 말았지만, 오푸스가 생각하고 있는 이벤트로 언젠가 알게 될 것이라며 정정하는 것을 그만두었다.

하지만 코랄은 그 사정을 모르기에, 들은 말의 중대함 때문에 "히익!" 하고 숨을 삼키며 새파랗게 질린다.

차국의 결계에 대해서는 알고 있었지만, 그것이 약해지고 있다는 건 금시초문이다.

게다가 내부가 어떤지도 모르니, 그것에 대한 불안도 있다.

"너, 너 임마, 그렇게 중요한 정보를 불쑥 흘리지 마!"

"아, 이야기의 흐름상, 그만."

"반성할 마음이 없잖아, 너는!"

"아니야. 이건 조만간 밝혀질 거니까. 지금부터 걱정하지 않아도 괜찮아."

"너무 낙관적이잖아! 이러니까 초월자란 것들은!"

"워워. 아, 자자. 다들 이쪽 보고 있으니까 돌아가자."

귓속말이 큰 소리의 말다툼으로 발전한 탓에, 주위의 시선이 이쪽으로 쏠려 있었다.

사방에 "아무 일도 아니에요" 하고 애교를 뿌리면서, 케나와 코랄은 지르도 일행이 모여서 기다리는 곳으로 돌아간다.

"상당히 치열한 귓속말이더군."

"아니, 이 녀석이 얼마나 상식이 없는지 알게 하려고 했는데, 안 되더군요."

코랄이 케나의 머리를 툭툭 치면서 불만스럽게 말하자, 모두에게서 "아아……." 하고 허탈한 웃음이 흘러나온다.

"강 건너기 아가씨니까."

"강을 건너버리니까 말이지."

"물 위를 걷는 건 비상식이잖아. 펠스케이로 모험가들은 다들 알고 있어."

"비상식이라는 건 알고 있다고."

모두에게서 일제히 되돌아온 건, 상식에서 벗어난 케나를 잘 이해한다는 긍정의 대답이었다.

케나만이 '쿵' 하고 충격을 받아 바닥에 쭈그려 앉아 버린다.

코랄은 "거봐라." 하고 의기양양한 얼굴로 케나의 머리를 잡고 쓰다듬어 준다.

"꺄-! 머리 헝클어지잖아!"

케나의 비명과 함께, 그 자리는 웃음에 휩싸였다.

그중에서 코랄만이 '이 녀석의 비상식은 그 정도가 아니야!' 라고 생각했지만, 입 밖으로 내지는 않았다.

현장에 도착하면 저절로 알게 될 테니까.

결국, 야간 불침번은 호위로 참가하는 근위기사와도 상담해서 정하기로 했다.

"근위기사가 있는데 케나도 필요한 거냐고."

"어머님께 맡기면 모든 일이 잘 풀리기 때문이에요!"

코랄이 중얼거린 말에 대꾸하는 목소리는 케나의 등 뒤에서 들려왔다.

"마이마이?!"

"꺄악, 어머님! 며칠 만이에요!"

뒤돌아봐서 그 인물을 보고 얼빠진 목소리를 낸 케나에게 신난 마이마이 하베이 학원장이 덥석 달라붙었다.

당연히 그 자리에 있던 학생이나 교사, 모험가들이나 문지기까지도 놀라서, 자매로밖에 보이지 않는 감동의 재회 장면에 넋을 잃고 있다.

"아니아니아니아니. 며칠밖에 안 지난 포옹 장면에는 감동이고 뭐고 없잖아."

"아앙, 어머님~."

힘으로 마이마이를 떼어내 지친 얼굴의 케나는 맥이 빠진다.

"저기, 학원장님?"

"그래. 지금 갈게."

잠시 아쉬운 듯이 꿈틀꿈틀 몸을 비틀던 마이마이는, 교사진이 부르자 지금까지의 태도에서 싹 바뀌어서 진지하고 기품 넘치는 학원장의 가면을 썼다.

변모한 그 모습에는 모험가뿐만 아니라, 학생들도 눈을 비비며 두 번 다시 볼 정도의 경악을 얼굴에 드러내고 있다.

"하아~ 정말이지!"

저런 게 불쑥불쑥 출현해서야, 기가 죽어 있을 수도 없다고 케나는 굽혔던 등을 폈다.

이미 완전히 풀어져서 헤픈 얼굴을 대다수에게 보인 마이마이는 개의치 않는 기색이다.

저 당당한 태도는 본받아야 할지도 모르겠지만, 케나는 그럴 마음도 들지 않았다.

"저게 네 양자였던가?"

"아, 코랄은 알겠지만, 저게 내 딸이야."

"딸 설정으로 양자를 만들지 않아서 다행이라고, 이제 와서 새삼스럽게 생각되는군."

"절절하게 말하지 말아 줄래……?"

머리를 싸매고 싶어지지만, 그렇게 되라고 만든 건 자기 자신이다. 다소 성격이 어머니 편애로 기운 듯한 느낌이 있지만.

그리고 새롭게 나타난 인물 두 사람이 케나와 시선이 마주치자 달려왔다.

"오랜만입니다, 케나 씨!"

"안녕하세요, 케나 씨."

자세히 보니 작은 짐마차를 끄는 말 한 마리와 금속 갑옷으로 무장한 세 명의 여기사가 뒤따르고 있었다.

무심코 【서치】를 사용해서 세 사람의 스테이터스를 본 케나는 떠오른 위화감에 고개를 갸웃거렸다.

"무슨 일 있나요, 케나 씨?"

"아아, 아무것도 아니야. 응. 안녕, 론티. 오랜만이야, 마이."

"네."

"오랜만입니다."

머리를 숙인 마이리네에게 무심코 쓴웃음이 나왔다.

왕족인데도 너무 저자세다. 장래가 몹시 걱정된다.

“이번에는 제 의뢰를 맡아 주셔서 감사합니다.”

“조금은 놀랐지만 말이야. 돈을 내면 맡겠다고 예전에 말해버렸으니까 어쩔 수 없지.”

손가락을 흔들면서 흥미 없다는 투로 말해 봤더니 마이리네의 볼이 볼록 부풀어 오른다.

“바쁘시다면 거절해도 됐는데요…….”

“아니아니, 마이가 미개지에서 위험에 노출되는 건 간과할 수 없으니까 말이야. 단단히 최선을 다해 지켜야지!”

가슴을 펴고 힘차게 선언하자, 마이리네와 론티가 난감한 얼굴을 한다.

“저기, 케나 씨. 이번에는 사람이 많으니까, 하얀 드래곤은 그만두세요.”

“커다란 늑대 같은 것도, 가능하면 자제해 주시면…….”

“괜찮아. 나만 믿어. 상식적인 선에서 할게!”

가슴을 탁 치며 선불리 장담하는 케나를 보고, 두 사람의 눈이 동그래진다.

““케나 씨의, 상식??””

지난번의 수많은 비상식적 장면을 떠올리면, 세상에 이토록 못 믿을 말도 없을 것이다.

마이리네와 론티는 나란히 한숨을 크게 쉬었다.

부디 아무 일 없이 무사히 행사가 끝나기를.

두 사람은 신에게 조금 기도하는 것밖에 할 수 없다.

"그건 그렇고…… 론티 그거 괜찮아? 내가 넣어줄까?"

케나가 손가락으로 가리키며 묻는 건, 론티가 등에 짊어진 커다란 배낭이다.

마이리네가 장비한 건 여행용 로브와 무기인지 발동체인지 모를 지팡이. 경장용 가죽 갑옷을 장비하고, 허리에는 세검과 작은 주머니를 찼다.

하지만 론티는 등에 지금부터 설산 등반이라도 할 것 같은 커다란 짐을 짊어지고 있다.

후작가의 영애라고는 도저히 생각할 수 없는, 짐꾼 같은 차림새다.

"아, 괜찮아요. 이 배낭에는 중량 경감이 부가되어 있거든요."

"진짜야? 국보급이네."

"에헤헤. 이건 할아버님께서 젊으셨을 적에 여행을 떠나서 찾은 일급품이에요."

"아가이드 씨도 모험가였어?! 여기 귀족은 왜 이래?!"

왕녀든 후작가 영애든 상관없이 사정없이 딴지를 거는 케나에게, 다른 학생들은 눈을 동그랗게 뜨고 있었다.

마이리네와 론티의 신분을 아는 다른 학생들은, 왕녀와도 안면이 있고 존댓말도 없이 대화가 오가는 모험가에게 놀라움을 감추지 못한다.

"왕녀니까 좀 더 호화로운 마차랑 수행원들을 왕창 데리고 올

줄 알았어!"

"호화로운 마차가 있기는 있습니다만, 숲속 길을 이동하긴 부적합하네요."

"그런 길을 마차로 달렸다간, 엉덩이가 아파서 견딜 수 없게 될 거예요."

"그런 문제인 거야……?"

케나는 왕후귀족의 본심에 조금 질겁했다.

그때 여성 근위기사 중 한 명이 해설하듯이 끼어든다.

"일단 저희도 시녀 같은 흉내는 낼 수 있으니까요. 공주님께서 불편하게 하진 않습니다."

"아, 나중에 모험가 사람들과 야간 불침번에 대해서 상의해 주세요."

"네, 우리는 3교대로 보초를 서니까, 그쪽에 맞추게 되지는 않겠지만요."

"그쪽 순번에 끼워 넣는 일은 없을 거라고 생각하지만, 아마 괜찮을 거야. 일단 나도 야간 보초를 부를 거고."

"야간 보초를, 부른다?"

의미를 알 수 없어 고개를 갸웃거리는 근위기사는 그렇다 치고, 마이리네와 론티의 표정이 미세하게 경련했다.

"케나 씨? 부디 모두에게 폐가 되지 않도록, 부탁드릴게요."

"괜찮아, 괜찮아. 나중에 보여줄 테니까, 그걸로 판단해 줘."

"정말로 괜찮은 거겠죠?"

자신감이 넘치는 케나에게, 마이리네와 론티는 엄청난 불안감을 얼굴에 드러내고 있었다.

동시 진행으로 교사들과 간단한 협의를 마친 마이마이는 학생들 앞에 나서고 손뼉을 쳐 자신에게 주목을 집중시킨다.

지금부터 조회 같은 것을 시작할 모양이다.

"자자, 지금부터 여러분이 진행할 훈련에 대해, 마지막 주의사항을 알려주겠어~!"

"학원장이 저래도 되는 거구나."

"마이마이 님은 훌륭한 학원장이라고 생각해요."

듣고 있자니 학생에게 친구 같은 느낌으로 하나하나 항목을 확인하고 해설하고 있는 듯하다.

케나는 '장' 이라는 것을 잘 몰라서 고개를 갸웃하는데, 마이리네는 만족스럽게 고개를 끄덕이고 있었다.

"그건 그렇고, 이걸로 전원인가……."

빙 둘러보니, 전체 약 60명으로 이루어진 집단이 이번 서바이벌 실습 참가자였다.

내역을 보면, 우선 파란색이나 녹색 로브를 교복으로 착용하는 학원 학생이 35명 정도. 마이리네와 론티도 포함.

갈색 로브나 망토를 입은 학원 교사가 8명.

교회에서 파견한, 종군 경험이 있다는 사제 1명과 수도사 4명.

근위기사 3명, 4인조 모험가 파티 〈준마〉, 5인조 모험가 파티인 〈개선의 갑옷〉. 그리고 단독으로 케나.

야외 학습에 사용할 짐을 실은 포장마차가 3대.

비상시의 치료소도 겸하는 듯하다. 마부는 학생 중에서 할 줄 아는 사람이 맡는다.

훈련지까지의 이동은 도보로 하는 듯하다.

"이상! 모든 일에 조심해서 한 걸음, 두 걸음 성장해 주기를 바란다!"

마이마이가 주의 사항과 격려를 섞은 조회를 마친 뒤에는, 교사들을 모아서 마지막 교차 확인을 하고 있다.

그것이 끝나고, 인솔 책임 교사의 호령으로 전체가 이동하기 시작했다.

맨 뒤쪽에 있던 케나 일행이 이동을 기다리고 있는 곳으로 종종걸음으로 다가온 마이마이가 케나에게 "잘 부탁해요, 어머님."이라고 말하며 윙크를 날린다.

"마이마이. 아무리 나라도 할 수 있는 것과 할 수 없는 것이 있어. 그건 알고 있지?"

"그건 그렇지만요. 하지만 어머님이 함께 있어 주시면 마음이 든든해요!"

"뭐, 눈에 닿는 범위라면 최선을 다하겠지만. 최악의 경우【소생 마법】을 써서라도."

"그만둬요!"

"쓰지 마, 바보야!"

가슴을 펴고 현재 유실된 것으로 취급되는 마법을 쓰겠다고 슬쩍 말하자, 마이마이와 코랄이 한목소리로 비명을 질렀다.

쓴웃음을 지으며 "농담이야." 하고 말하는 어머니를 실눈으로 쳐다보는 마이마이는, 아주 조금 걱정스러운 듯했다.

"일단, 길이 있기는 하네."

"학원에서 사용하는 것 말고도, 모험가 길드에서도 교련에 사용하고 있다고 해요."

"그렇구나."

가도를 따라서 이동할 줄 알았는데, 서바이벌 실습 집단은 서문에서 뻗은 가도를 벗어나 갑자기 남서쪽을 향해 숲속을 가로지르는 형태로 나아가기 시작했다.

론티의 해설대로, 종종 사람이 오가는 길인 듯, 대다수는 큰 문제 없이 나아간다.

하이엘프인 케나는 숲속에서 은혜를 받으므로 울퉁불퉁한 길에 고생하는 자들보다는 쾌적하게 걸음을 옮기고 있었다.

목적지인 야영지는 매년 이용하는 공터로, 왕도에서 걸어서 반나절 이상 걸리는 거리라고 들었다. 왕도 근처라고는 해도 시야가 나쁜 숲속이라 주위 경계는 엄중하다.

과거에 몇 번인가 위험한 마물과 마주친 사례가 있는 듯, 싸울 수 있는 교사와 모험가로 주위를 둘러싼 까닭에 찌릿찌릿한 긴장감이 학생들을 짓누르고 있었다.

〈준마〉 파티는 맨 앞에서 경계와 척후를 맡는다.

〈개선의 갑옷〉 파티는 중앙에서, 행렬의 어디로든 바로 달려갈 수 있도록 임전 태세다.

느긋한 분위기인 건 케나가 마이리네 일행을 지키는 행렬의 맨 뒤뿐이다.

근위기사도 세 명 있지만, 싸우는 사람보다는 예쁜 장식처럼 보인다.

일단 싸울 수 있는 힘은 있다, 문제없이.

다만 그렇게 보이지 않을 뿐이다.

케나는 재빨리 바람의 정령 셋을 주위에 풀어서 누구보다도 넓은 경계망을 구축하고 있었다.

원래 하이엘프라면 묻지도 따지지도 않고 숲에서 직접 악의를 가진 것의 접근을 알 수 있다.

덤으로 키의 탐색 범위는 플레이어가 가진 스킬보다 아득히 넓다.

학생들에게 해가 되는 것이 접근할 경우 먼저 바람의 정령이 대처하므로 안심&안전의 포진이라고 해야 할 것이다.

다만, 나중에 이것을 알게 된 코랄에게 '학생들 교육에 방해가 되잖아!' 하고 혼나는 것까지가 세트로 제공된다.

그런 사정을 모르는 학생들은 '저 모험가, 괜찮은 건가?' 같은 느낌으로 케나를 의아하게 쳐다보고 있었다.

하지만 기사들은 기사단장의 애인이 보통내기가 아닌 사실을 알고, 다른 모험가들도 그 실력을 인정하고 있기에, 신경 쓰는 사람은 없다.

오히려 '저 모험가가 당황하는 사태가 되면 그때부터가 진짜다' 같은 식으로 상식을 벗어난 신뢰를 받고 있었다. 그 사실을 본인은 눈곱만치도 모르고 있다.

그중에는 강 축제 때의 '귀족 협박 소동' 현장에 있었던 학생도 있어서, 그 모험가가 학원장의 어머니라고 친구들에게 귓속말하고 있었다.

덕분에 왕도를 나오고 여정의 절반도 가기 전에, 본인이 알지도 못하는 사이 케나의 위치를 일행 모두가 알게 된다.

'그 대사제와 학원장의 어머니이자 왕족에게 인정받은 실력파 모험가' ……라고.

틀리지는 않았지만, 케나에게는 다소 불편하다고 할 수 있는 인식이었다.

"앗! 왠지 먼 곳에서 오푸스가 내 흉을 본 것 같은데!"

"무슨 말씀이세요, 갑자기……?"

무언가 불시에 덮쳐온 오한을 얼버무리듯이, 케나는 오푸스의 이름을 대며 농담한다.

몸을 부르르 떨며 주위를 둘러보고, 자신의 직감 스킬이나 키의 주변 경계를 확인한다.

안쪽 연결을 더듬어 보지만, 바람의 정령도 건재하고 어떠한 이상도 발견하지는 못한 듯하다.

전투와 초계를 부탁하는 한편으로 이상한 점을 발견하면 귀환하도록 명령했으니까, 지금의 오한은 기분 탓인가 하고 고개를 갸웃거렸다.

"무슨 일 있어요, 케나 씨?"

"아니, 왠지 이상한 느낌이 들어서. 주변에 이상한 건 없는 것 같지만……."

"감기, 인가요?"

걱정스럽게 묻는 론티와 마이리네에게, 케나는 아무것도 아니라며 손을 흔들어 멀쩡하다고 알린다.

어딘가에서 무언가를 하고 있을 오푸스 탓으로 단정하고, 머릿속에서 구타 횟수를 저장한다.

먼 곳에서는 문제의 오푸스가 비슷한 오한을 느꼈지만, 이 자리와는 관계없으므로 생략한다.

"아아, 케나 씨. 소개할게요."

마이리네는 걸으면서 곁에서 담소를 나누던 세 명의 근위기사를 소개하기 시작한다.

"억지를 부려서 어머님께 근위의 정예를 빌려왔어요. 이쪽 드래고이드 분이……."

"헤라우입니다, 잘 부탁드립니다."

"어전에서 실례합니다. 스훌트라고 합니다."

"아, 아크입니다. 부디 잘 부탁드립니다."

헤라우라고 밝힌 회색 드래고이드 여성은 거대한 양손검을 등에 짊어지고 있는데도 그것을 느끼게 하지 않는 조용한 동작으로 케나에게 고개를 숙여 보인다.

스홀트라고 밝힌 갈색 머리&파란 눈의 엘프 여성은 드레스라도 입은 것처럼 스커트 자락을 집는 시늉으로 케나에게 숙녀의 인사를 했다.

엘프는 하이엘프를 알아보는지, 그 몸짓은 최고의 경의를 뜻한다.

아크라고 밝힌 검은 머리&검은 눈의 인간족 여성은, 어째서인지 말을 더듬으며 황급히 가슴에 손을 얹는 자세를 취하고, 케나에게 고개를 숙인다.

"정예라니, 데리고 와도 괜찮았어? 보통은, 성 사람들이 우선되는 거 아니야?"

"네, 보통은 그런데요. 삼국 수립 이후로, 이쪽에선 이렇다 할 전쟁이 없어서요."

"실제로, 마이 님이 성에서 희망자를 모집했더니, 열 배의 인원이 모여서……."

"어어……."

론티의 폭로에 '그래도 되는 거냐, 근위기사.' 하고 중얼거릴 뻔했지만 힘겹게 참는다.

"기본적으로 다들, 훈련 말고는 한가하거든요."

최후의 보루는 보기 좋게 왕녀님 스스로 무너뜨려 주었다.

론티와 케나가 참지 못하고 웃음을 터뜨리자, 주위에서 귀를 기울이고 있던 다른 학생들에게도 전파되었다.

하지만 웃음보가 터진 사람은 많아도 다들 불경죄를 두려워해서인지, 소리를 내지 않고 어깨를 떨 정도에서 힘겹게 참고 있었다.

근위기사 3인조는 허탈한 웃음만 흘렸다.

학생들의 웃음이 잦아들었을 무렵, 헤라우가 한 손을 들고 "잠시 괜찮습니까?" 하고 케나에게 말을 걸었다.

"응, 왜?"

"케나 님은, 마이마이 님의 모친이신 거지요?"

"응, 그런데. 그리고 스카르고랑 카타츠도 내 아들이야."

뭔지는 잘 모르겠지만, 케나의 이 대답에 만족한 건 헤라우와 스홀트뿐이었다.

아크는 잘 이해하지 못한 듯, 눈을 깜빡이고 있다.

"실례지만, 바제란과 토르포사라는 인물에 짚이는 데가 없으신가요?"

"바제란, 토르포사?"

"토르포사입니다. 반응을 보니 짚이는 데가 없나 보군요."

케나는 끙끙대며 팔짱을 끼고, 생각하는 척하며 키에게 해당 명칭에 대한 로그가 있는지 확인시킨다.

얼마 지나지 않아 결과가 나왔지만, 그건 만족스러운 대답이 아니었다.

"으음. 미안해. 본 적도 들은 적도 없어."

"그런가요……. 감사합니다."

눈에 보일 정도로 풀이 죽은 헤라우와 스훌트에게, 지금까지의 대화 흐름을 이해하지 못하는 마이리네와 론티는 당황할 수밖에 없었다.

"저기, 무슨 일이죠?"

"여러분은 서로 아는 사이인가요?"

"아니, 오늘 처음 봤는데. 대충 뭘 물어보고 싶은지는 알겠어."

케나는 아까 세 사람을 【서치】했던 결과를 떠올리며, 플레이어밖에 알 수 없는 것을 내뱉는다.

"헤라우 씨랑 스훌트 씨는 양자죠?"

""어?!""

"그리고 방금 물어본 두 사람은 당신들의, 부모라든가 형제라든가 하는 플레이어."

""어어어어어어어?!""

"그리고 아크 씨가 플레이어고."

"으헤?"

헤라우와 스훌트가 입을 동그랗게 벌리고 경악한다.

멋대로 남 일이라고 생각했던 듯한 아크만이 깜짝 놀라 벙찐 얼굴로 굳어 있었다.

마이리네와 론티는 분위기를 파악하고 입을 다물어 주었다.

그렇게까지 단언할 수 있는 이유는 케나가 【서치】를 사용해 근위기사들을 조사한 결과이다. 헤라우가 180레벨이고, 스훌트가 190레벨.

아크는 심지어 230이라는 고레벨대 인물이었기 때문이다.

분명하 세 명 모두 플레이어 아니면 양자 캐릭터라고 확정할 수 있는 실력자이다.

그렇기는 해도 【서치】를 사용한 케나는 이름과 레벨 말고 소속국 표시가 있는 아크가 플레이어 확정이라고 알 수 있다.

헤라우와 스홀트는 소속국 표시가 없으므로, 양자 캐릭터라고 단정할 수 있다.

무엇보다도 표시된 플레이어 정보에 의문점이 있었기에, 케나는 그 부분을 파고들어 보았다.

"저기, 아크 씨?"

"네, 네! 무슨 일이시죠?"

몹시 겁에 질리면서도, 아크는 자세를 바로잡는다.

받는 인상은 기사라기보다, 덤벙대는 문관 같은 침착하지 못함이다.

"있잖아. 당신 이름이 '칠흑의 성궤' 라고 뜨는데. 아크라는 건 알기 쉬운 통칭이고, 사실은 다크니스 아크라든가, 제트블랙 아크로 읽는 거 아니야?"

케나의 질문을 아크가 이해하는데 1초가 아니라 3초 정도의 여백이 있었고, 그 후에는 안색이 싹 하얘져 간다.

"시, 시시시싫어어어어어어엇?! 이, 이이이, 이 사람, 내내내내, 내 스테이터스가 보이잖아아아아아아!!"

아무래도 너무 큰 충격이었던 듯, 얼굴을 떨면서 머리를 감싸

외치고, 헤라우의 등 뒤로 도망치더니 눈과 귀를 꼭 감고 웅크리고 말았다.

일단 이동하면서 나누는 대화이므로, 아크만이 그 자리에 뒤처지는 형태가 된다. 그걸 깨닫고 뛰어서 다가오는 모습이 작은 동물 같아서 눈을 뗄 수 없다.

동료 기사들은 아크에게 안됐다는 시선을 보내더니, 손가락을 입 앞에 대고 눈이 동그래진 마이리네와 론티에게 "비밀입니다."하고 속삭였다.

"설마 이런 데서 동포를 만날 줄은 몰랐네. 등잔 밑이 어두웠어. 잘 부탁해, 아크 씨."

자기 사정을 순순히 이해해 주는 케나에게, 아크는 혹시나 하고 입을 연다.

"그럼 케나 씨도 플레이어였던 건가요? 에, 어라? 그럼, 마이마이 님이나 스카르고 님도 혹시…… 어어?!"

"그래, 뭐. 그 아이들은 양자 캐릭터야."

눈을 껌뻑이면서 의문, 납득, 의문, 경악으로 표정을 바꾸느라 바쁜 아크.

헤라우와 스홀트는 작게 웃으며 "아크 양은 언제나처럼 사랑스럽네요."하고 지켜보는 태세다.

아무래도 동료들 사이에서 마스코트 취급인 듯하다.

"그래도 되는 거냐, 근위기사단……."

"세 사람 모두 평소에는 우리 신변 경호로 성에서만 근무하니까요. 이렇게 밖에 나오는 일도 별로 없고요. 사정은 잘 모르겠지만, 케나 씨가 즐거워 보이니 그걸로 됐다고 할게요."

"끄응. 추궁당하지 않아서 다행이긴 한데. 여러 가지 비밀이 있어서 미안해, 마이."

"그건 케나 씨가 말할 수 있다고 판단했을 때 듣도록 할게요."

싱글벙글 얼굴 가득 미소를 띤 마이리네에게 미안함을 느끼면서, 케나는 플레이어 설명을 어떻게 해야 할지 고민했다.

『세계를 게임 보드, 라고 말해버리면, 괜찮지 않을까요?』

(자기들을 게임 보드의 인형으로 착각할 것 같아서, 반응이 무서워.)

설명이나 설득은 적성에 맞지 않으니, 케나는 오푸스에게 원고라도 써달라고 할까 생각했다.

"그나저나 여기는 왕족만 훌륭한 마차를 타고 다른 학생들에게 위광을 과시하는 자리라고 생각하는데, 안 해?"

"뭐예요, 그 파렴치한 사고방식은?!"

"아닌가? 왕족이라면 평민을 깔본다든가, 신분만 믿고 뻐긴다거나, 그럴 줄 알았는데."

"케나 씨. 부탁이니까 마이 씨를 포함한 왕족 여러분을, 그런 해괴망측한 가치관에 끼워 맞추지 마세요."

어째서인지 론티가 무서운 얼굴로 다그쳤기에, 케나는 반사적으로 끄덕끄덕 고개를 끄덕였다.

"이 세계에는 그런 왕족은 없는 거구나."

"없으니까요! 왕족 여러분은 정말로 올바르게 통치하고 계시니까요!"

다소 지겹다는 듯이 "네네." 하고 대답하고 론티에게서 시선을 피하는 케나.

그곳에 사사삭 하고 다가간 아크가, 소곤소곤 귓속말한다.

"케나 씨. 혹시 게임에서 귀족 퀘스트를 꽤 많이 받으셨나요?"

"그야 진절머리가 나서, 목을 졸라버리고 폭파해 버릴까 생각할 정도로는 받았지."

왕족 하면 떠오르는 것이, 게임 시절 리아데일에 존재했던 NPC 귀족이나 왕족이다.

다른 사람을 인간으로 생각하지 않는 악랄함과 평민을 도구로 보는 오만함, 마음에 안 들면 즉각 처형해 버린다는 잔학함을 겸비한 자들이다.

물론, 플레이어들에게는 끔찍하게 미움받았다.

NPC라서 쉽사리 손댈 수는 없고, 선택지를 잘못 고르면 지명수배가 걸리는 위험성이 있었기에, 귀족이 주는 의뢰에는 순순히 따를 수밖에 없었다.

멀쩡한 귀족도 있었지만, 그런 건 퀘스트 20개당 1개 꼴이다.

스킬 마스터들은 그 칭호상 그런 퀘스트를 전부 받았고, 그러한 퀘스트에 대한 분노는 한계를 돌파하고 있다. 속은 항상 부글부글 끓고 있는 상태다.

"저도 하나 받아보고 질색했으니까요."

"그렇죠, 그렇죠?"

리아데일의 상식으로 몰래 의기투합하는 두 사람.

게임 시절 이야기로 마음이 맞으면 다음에 튀어나오는 건, 게임을 시작하게 된 계기라든가.

전체 호위를 바람의 정령에게 맡기고, 케나는 아크와 게임 시절 이야기에 푹 빠져들었다.

물론 호위로서 주위에 신경을 쓰는 것도 잊지 않는다.

다만 케나의 경우, 전자동 만능 키가 있기 때문에, 통째로 맡겨두어도 문제없다.

마이리네도 이야기의 내용으로 미루어, 아크와 케나가 동향 출신 아닐까 하고 추측할 순 있다.

하지만 두 사람이 하이엘프와 인간족이라는 사실 때문에 같은 종족이어야 할 동향 이야기가 잘 연결되지 않을 뿐이다.

가끔 들리는 '플레이어' 에 대해서는, 왕족에게 전해지는 지식으로 알고 있다. 그건 200년 이상 전에 대륙에서 날뛰었던 자들이라는 인식이다.

리아데일이라는 대지를 창조했다는 전설도 있으므로, '플레이어' 전체를 악이라고 단정할 수도 없다.

마이리네가 아는 한에서는 케나도 샤이닝세이버도 인격자이며, 도저히 대륙을 전쟁으로 한 번 멸망시켰던(현지인 인식) 악인으로는 생각되지 않는다.

아까 반응으로 봐서 물어보면 대답해 줄 것 같으니, 그때를 즐겁게 기다리기로 했다.

"후후후."

"무슨 일 있나요, 마이, 씨……."

말투가 존댓말에 가깝게 나올 뻔한 론티에게 비난의 시선을 보내자, 당황한 듯이 스스럼없는 친구 입장으로 의식을 전환한다.

"죄송해요."

"좀 더 편하게 대해도 되는데."

"이래 봬도 상당히 편하게 대하는 거예요. 케나 씨처럼은 안 되지만요."

론티 일행이 보기에 하이엘프인 케나도 엄연한 왕족이다. 본인이 그것을 과시하지도 않고, 때때로 잊어버리기도 해서 그렇게 보이지는 않지만.

덤으로 한계가 보이지 않을 정도로 강하니, 상당히 이질적이기는 하다.

"신분이나 지위도 신경 쓰지 않고 대할 수 있는 분은 진짜 구하기 어려운 법이네요."

"케나 씨는 정말로 왕족인지조차도 의심스럽지만요."

"하긴."

웃으면서 동의하는 마이리네를 보고, 부정할 줄 알았던 론티는 맥이 빠진다.

"저도 저런 식으로 살 수 있을까요?"

"마이 씨는 먼저 완력을 길러야 하지 않을까요?"

"그러네요. 케나 씨가 소동을 일으키는 빈도를 보면, 강해지지 않고서는 헤쳐나갈 수 없을 것 같아요."

도저히 불가능한 목표임을 깨닫고, 얼굴을 마주 본 두 사람은 서로 웃었다.

앞에서 걷고 있는 두 사람이 그런 화제로 이야기하는 것도 모르고, 케나는 아크와 담소를 나누고 있었다.

동료인 헤라우와 스훌트도 한 번은 "호위 중이니까." 하고 말리려고는 했지만, 몇 분 간격으로 케나의 곁으로 눈에 보이는 바람의 정령이 주변 상황을 보고하러 찾아오므로, 씁쓸한 얼굴로 묵인할 수밖에 없었다.

"호오, 동생이 권해서 리아데일을 시작했나요. 1년 해서 200레벨까지, 상당히 느긋하게 레벨을 올렸네요."

"오프라인 퀘스트라든가 시내 퀘스트라든가, 잘 싸우지 않는 것들을 골랐거든요. 가끔, 동생 친구들이 도와줘서 사냥하러 가는 정도였으니까요."

"흠흠." 하고 듣고 있었는데, 아무래도 그 '동생의 친구'의 용모 설명이 익숙한 듯, 아는 듯?

몇 년을 알고 지낸 친구처럼 대화가 활기를 띠는 케나와 아크. 헤라우와 스훌트는 짐마차를 선도하면서 그 뒤를 따른다.

"그렇다면 전투가 젬병? 괜찮으려나, 이 앞은 위험지대인데. 어쩌면 제일 먼저 대피시켜야 할지도 모르겠네요?"

"서투르기는 하지만, 못하는 건 아니니까 열심히 할게요. 일이기도 하고요. 주 무장은 활이라서, 간접적인 엄호 정도라면 어떻게든.”

“풉?!”

아크가 쓴웃음을 지으며 허리춤에 찬 물건을 보여주자, 그것을 【서치】한 케나가 뿜었다. 눈을 깜빡거리며 그것을 쳐다본다.

“『관통자(얼티밋 크로스보우)』잖아요?! 어째서 가지고 있는 건가요, 이런 초레어 무기를……”

“왠지 크로스보우를 만들다 보니 나왔어요.”

의전용 세검처럼 보였던 그건 칼날이 반으로 갈라져 활대가 되고, 자루에서 그립과 트리거가 나타나 크로스보우로 형태를 바꿨다.

백은색 바탕에 금색 라인이 빛나는, 아름다운 사격 무기이다.

위력은 소지자의 레벨에 좌우되지만, MP만으로 볼트가 자동 장전되는 데다, 연사도 가능한 사기급 성능 무기 중 하나다.

크로스보우를 제작할 때 확률 1000분의 1 정도로 상위 무기가 되는데, 이건 그보다 한 단계 더 높은 무기로, 1억 분의 1 확률의 희귀 아이템이다.

게임 당시 경매 가격으로 700억 길이라는 최고치를 기록했던 생산 방면의 레어 무기다.

실제로 케나가 기억하는 한, 3년 이상에 걸친 게임 생활 속에서 이 무기가 경매를 떠들썩하게 한 건 두 번뿐이다.

‘스킬 마스터 중에서도 만든 사람이 없다’ 고 하니, 엄청난 물건이다.

"뭐 그리 운이 좋은……."

"아뇨, 제 운은 이걸로 다 써버린 것 같아요. 이름이 이 모양인 건 불운 중 하나라서."

"그러고 보니, 어째서 그런 흑역사 같은 이름인 건가요?"

"게임 종료 직전에, 함정에 걸려버려서……."

"네?"

자세한 이유를 물어보니, 던전에서 『이름을 강제로 바꾸는 함정』에 걸렸다고 한다. 이건 【액티브 스킬 : 함정 작성】에 세팅되어 있는 몇 가지 함정 중 하나이다.

함정을 작성한 플레이어가 사전에 단어를 몇 개 등록해 두고, 함정에 걸린 플레이어의 이름을 부끄러운 것에서부터 중2병스러운 것까지 무작위로 변경해 버린다.

고치려면 일단 로그아웃하고, 과금을 한 뒤에 자기 캐릭터 설정 화면에서 변경할 수밖에 없는, 악질 함정이다.

아크의 경우 함정에 걸린 날짜가 마침 『리아데일』의 마지막 날이었기 때문에, 변경할 틈도 없이 이쪽으로 떨어진 것이다.

이 점은 타이밍이 나빴다고 할 수밖에 없다.

"하아, 그래서 줄여서 아크라고 자칭하고 있는 거군요."

"아, 원래 아크였기 때문에, 그 부분은 변하지 않았어요. 실은 플레이어 네임도 동생이 생각해 준 거라서. 동생은 완전 폐인?이라고 불리고 있고, 레벨도 최고봉까지 갔다고 하더라고요. 기가 막히죠."

킥킥 웃는 아크에게, 케나는 식은땀을 줄줄 흘린다.

그런 이야기를 들어버리면, 자신도 폐인 클래스라고는 말하기 어렵다.

하지만 숨길 수 있는 것도 아니므로, 마음을 굳히고 물어보기로 했다.

"아, 레벨 최고봉이라면 내가 이름을 아는 사람일지도……. 무슨 이름인지 알아요?"

"어디 보자, 어디 보자. 분명……. 아! 맞다, 맞아! 타르타르소스인가 하는, 맛있는 이름이었던 것 같아요!"

"타?!……르타르 소스라니, 아아."

상당히 귀에 익숙하다고 할까, 친숙한 이름에 말문이 막힌다.

세상은 좁다고 해야 할까. 남매가 이쪽으로 온 건가 하고 다른 의미로 기가 막힐 뿐이다.

"아시나요?"

"알고 있죠. 사실은 타르타로스라는 이름일 텐데요."

"아, 네, 맞아요. 타르타르스? 같은 이름이었던 것 같아요."

누나에게도 타르타르소스라고 불리고 있었나 하고 생각하니, 불쌍하다.

"다행인지 불행인지, 같은 길드 멤버였습니다. 잘 알고 있죠."

"하? 에? 케나 씨도 〈크림치즈〉 길드였나요! 그럼 그 애랑 똑같이 폐인?"

"폐인은 좀……. 틀린 말은 아니지만, 그걸 호칭으로 삼는 건 사양하고 싶네요."

"아, 죄송해요. 그럼 지금까지처럼, 케나 씨로."

아무리 사실이라고 해도 자꾸 '폐인'으로 불리면 울컥하는 게 있다.

재빨리 호칭이 고정되지 않아서 다행이라고, 케나는 가슴을 쓸어내렸다.

"그렇구나. 그래서였군요."

"그래서?"

"왠지 케나 씨 이름이 귀에 익다고 생각했었어요. 동생에게서 언제 한번 들었던 것 같은 기분이 들어요. 아하~."

"참고로 무슨 말을 들었는데요……?"

빠직 하고 이마에 분노 마크를 띄우고, 케나는 되물어 보았다.

아크는 그 모습을 눈치챘는지 어쨌는지. 조금 생각한 뒤에 태연하게 대답한다.

"감정의 파괴마라든가, 마법에 몰입한 위험인물이라든가. 그런 느낌으로 말했던 것 같아요. 조금 무서운 사람인가 하고 생각했었는데, 듣는 것과 실제와는 천지 차이네요."

예상대로의 대답에 '역시나.' 하고 생각한다.

하지만 새삼 정면에서 바보처럼 솔직하게 들으니, 익숙하다고는 해도 화가 난다.

물론, 분노의 창끝은 타르타로스, 즉 엑시즈를 향한다.

"참고로 이쪽에서 동생과 만난 적은 있나요?"

"어?! 그 아이도 이쪽으로 와 있나요?!"

"어?"

"어……?"

멍하니 얼빠진 아크의 표정으로 보아, 둘 다 이쪽에 있다는 것을 모르는 듯하다.

몇 번인가 엑시즈와 이야기했을 때도 형제자매 이야기는 한 기억이 없다. 엑시즈 본인에게도 들은 기억이 없다.

"동생과 만날 수 있나요?"

"네, 뭐. 마침 잘됐네요, 연락해 둘게요."

"정말인가요! 감사합니다, 케나 씨!"

활짝 하고, 마치 꽃이라도 피울 것처럼 기뻐하는 모습을 보자, 케나도 조금 마음이 따뜻해진다.

조금은 아크의 존재를 비밀로 하고 엑시즈에게 넌지시 알려서 애간장을 태워 볼까 생각했던 자신에게 죄책감이 든다.

프렌드 통신 화면을 열어 엑시즈 앞으로 메일을 보낸다.

문면은 『your sister 만남 now』다.

변변찮은 소문을 퍼뜨려 준 보답으로, 보내기만 하고 메일 화면을 수신 거부로 해 둔다.

그리고 '어떻게 찾아올까.' 하고 음모를 꾸미며 음흉한 미소를 짓는다.

케나를 컴컴한 먹구름 이펙트가 덮는다. "크크크." 하고 뱃속까지 사무치는 웃음소리가 무심코 흘러나오자, 사방에서 질겁하고 있었다.

그 무렵, 엑시즈와 쿠올케는 변경 마을에 바캉스라는 명목으로 체류하고 있었다.

처음에는 투기제나 관람하려고 헬슈펠에서 펠스케이로로 동쪽 외곽 통상로를 통해 향했으나.

변경 마을에 발을 들여놓은 감상은 '그 녀석이 또 저질렀군!'이었다.

별로 크지 않은 마을인데도, 견고한 벽이 있질 않나.

주위에 일정한 간격으로 가고일 석상이 있질 않나.

남녀별 편백나무 (느낌의) 공중목욕탕을 짓질 않나.

급기야 술집 한쪽 구석을 차지한 프로젝터가 있다.

"그 녀석은 뭘 들여온 거야!" 하고 엑시즈가 분노했던 것도 기억에 새롭다.

그 후 엑시즈 일행의 방문을 알아차린 록시리우스가 루카와 만나게 해주거나, 느긋하게 몸을 담글 수 있는 목욕탕의 매력에 져서 두 사람 다 흐물흐물해지거나 하는 경과가 있어서, 장기 체류하고 있는 것이 현 상황이었다.

여관에 묵고 있으면 맛있는 밥이 나오고, 프로젝터로 펠스케이로의 모습을 확인할 수 있다.

그것도 왕도보다 훨씬 싼 가격에.

사카이 상회의 출장소가 있어서 물자가 부족하지 않고, 저렴한 가격에 빨래해 주는 인어도 있다. 그 극진한 환경에 두 사람 다 완전히 타락해 있었다.

"모험가를 은퇴하면, 여기에 살아도 될지 모르겠군."

"확실히. 그것도 좋을지도 모르겠네."

김이 모락모락 나는 가벼운 옷차림으로 술집 테이블에 엎드려 있는 모습은, 도저히 역전의 모험가로 생각할 수 없다.

게다가 아무도 그것을 나무라거나, 불평을 제기하거나 하지 않는다.

완전히 흐물흐물해지는 것도 어쩔 수 없다.

"으……."

그런 환경에서도 소박하게 이의를 제기하는 자는 있었다.

직접 두 사람에게 도움을 받은 경력이 있는 루카다.

""오, 루카.""

'나 기분 나빠요' 같은 느낌으로 볼을 부풀린 얼굴을 전면에 내세우고, 테이블 위에서 녹아내리는 엑시즈와 쿠올케를 흘겨보고 있다.

"왜 그러나? 귀여운 얼굴이 엉망이잖아."

"그야 자신의 마음속 히어로가 이런 데서 완전히 풀어져 얼빠진 얼굴을 드러내면, 속이 썩을 수밖에 없죠."

쿠올케의 물음에 답한 건 루카가 아니라, 등 뒤에서 대기하고 있던 록시느였다.

"켁?!"

경멸하는 눈으로 시선이 향한 엑시즈는 등에 얼음을 넘어서 빙산이 닿은 듯한 위험을 느끼고 황급히 자세를 바로잡는다.

떠올려 보면 주인을 주인으로 생각하지 않는 폭언을 내뱉는 그 뻔뻔스러운 태도.

NPC인 과금 메이드라고 처음 길드 홈에서 소개받았을 때는, 쉴 새 없이 쏟아지는 폭언에 상당히 간담이 서늘해졌던 적이 있었다.

"후후후, 이렇게까지 풀어진 상태라면, 목을 베는 것도 간단하겠지요."

"히엑?!"

단숨에 거리를 좁힌 록시느에 의해 목이 쓰다듬어진 쿠올케가 귓속말을 듣고 얼굴이 창백해진다.

조금 전까지 따끈따끈했던 기분은 어딘가로 사라지고, 지금은 이 주변만이 살벌한 분위기에 휩싸여 있었다. 잘 이해하지 못하는 루카만을 내버려두고.

"너…… 케나가 시켜서 경고하려고 온 거냐?"

쿠올케를 구하려 손을 뻗자 록시느는 가볍게 그 몸을 움직여 엑시즈의 사각으로 파고든다.

"공교롭게도 우리는 이 마을에 해를 끼치는 자가 아니면 살해를 금지당하고 있어서요. 운이 좋으셨네요, 용이 되다 만 분."

드래고이드에 대한 최악의 모욕에, 엑시즈도 다소 기분이 거

슬린다. 플레이어였던 엑시즈는 읽히지 않지만, 동족에게 들은 적이 있어서 의미 정도는 알기 때문이다.

“도발해서, 우리랑 한판 붙을 셈이냐?”

술집의 소란스러운 분위기를 깨지 않도록 위협하자, 록시느는 두 사람의 사거리에서 스르륵 빠져나와 루카의 등 뒤에 대기하는 위치로 돌아간다.

“공교롭게도 저는 루카 님을 대신해 여러분께 쓴소리를 했을 뿐입니다. 루카 님 앞에서 흉흉한 소리는 하지 마시죠.”

아무 일도 없었다는 듯이 새침한 얼굴을 하는 록시느를 보고 쿠올케가 일어서려 한다.

“뭐라고! 누가 할 소리를, 엑시즈?!”

그걸 말린 엑시즈는 “케나의 지시는 아닌 것 같군.”하고 빈틈없이 중얼거린다.

루카는 술집 안을 총총 돌아다니는 리트가 불러 그쪽으로 가버린다.

보호해야 할 사람이 없어진 것만으로 엑시즈의 마음에 여유가 생긴다.

“크크크크크.”

“뭐가 우습지?”

지금이라면 루카에게 추한 모습을 보이지 않고 이 녀석을 해치울 수 있다고 생각해 버린 엑시즈는 입을 막고 조용히 웃는 록시느의 모습을 경계하고 있었다.

“다 풀어진 뇌로는 자기 권능조차도 파악하지 못합니까?”

“뭐?”

“자신이 가진 것을 지금 당장 다시 한번 잘 보라고. 이 얼간이 들아.”

대체 무엇을 하고 싶었던 건지.

도발만 왕창 하고 루카를 쫓아간 록시느의 뒷모습을 보면서, 싸움의 기세가 한풀 꺾인 엑시즈는 의자에 털썩 주저앉았다.

그곳으로 찾아온 루이네가 술과 안주를 테이블에 늘어놓는다.

“왜 그러는 거야, 당신들? 목욕하러 간 거 아니었어?”

쿠올케는 겁에 질린 얼굴로 경직. 엑시즈는 지친 얼굴로 맥없이 있으니, 도저히 목욕을 마친 사람으로는 보이지 않을 것이다.

최근 며칠간 두 사람의 얼굴에 익숙해진 루이네도, 고개를 갸웃거릴 정도의 위화감이었다.

“뭐야, 저거…….”

루이네가 떠난 뒤 어째서인지 기묘한 정적에 휩싸인 두 사람의 자리에서, 쿠올케가 딱딱해진 얼굴 근육을 주무르며 중얼거렸다.

“산 것 같지가 않았어…….”

“저게 〈크림치즈〉의 오점. 악의를 줄줄 흘리고 다니기로 유명한 메이드다…….”

“무슨 말인지 모르겠다고.”

"NPC가 살아 움직이게 되면 저렇게 되는 건가 하고, 지금 실감했어……."

느릿느릿 안주에 손을 뻗으며, 엑시즈는 굳은 목소리로 방금 조우한 것에 대해 설명한다.

말을 듣고 이해하는 건 길드 멤버뿐이었지만, 여기에 한 명의 이해자가 탄생했다.

"권능이 어쩌고 했는데, 무슨 소리야?"

슬쩍슬쩍 조끼를 기울이며 쿠올케는 고민하기 시작한다.

엑시즈도 처음에는 고개를 갸웃거리고 있었지만, 이윽고 손바닥을 탁 쳤다.

"플레이어의 권능이라고 한다면, 스테이터스나 스킬 같은 거 아니야?"

"아아, 그런 건가……."

고개를 끄덕인 쿠올케가 자기 스테이터스 화면을 보지만, 거기에는 아무런 이상이 없었다.

마찬가지로 스테이터스 화면을 연 엑시즈에게 "그쪽은 어때?" 하고 물어보려 했지만, 경악을 얼굴에 드러내고 있는 것을 보고 숨을 삼킨다.

"무, 무슨 일이라도 있나?"

"……."

"어, 어라? 어이, 엑시즈 씨?"

경악이 험악한 얼굴이 되어 침묵 중인 엑시즈를 한 대 때릴까 하고 쿠올케가 움직이기 시작한다.

하지만 "하나, 둘." 하고 팔을 휘두르려던 바로 그때, 엑시즈가 험악한 얼굴로 벌떡 일어선 것이다.

"간다……."

"뭐……?"

그리고 이 발언. 너무 뜬금없다.

"이러고 있을 때가 아니라고!" 하고 외친 엑시즈는, 영문을 몰라서 어안이 벙벙해진 쿠올케를 내버려두고 계단을 뛰어 올라갔다.

혼자 남겨진 쿠올케는 망연자실할 따름이다.

제3장 야영과 결계와 진행과 준비

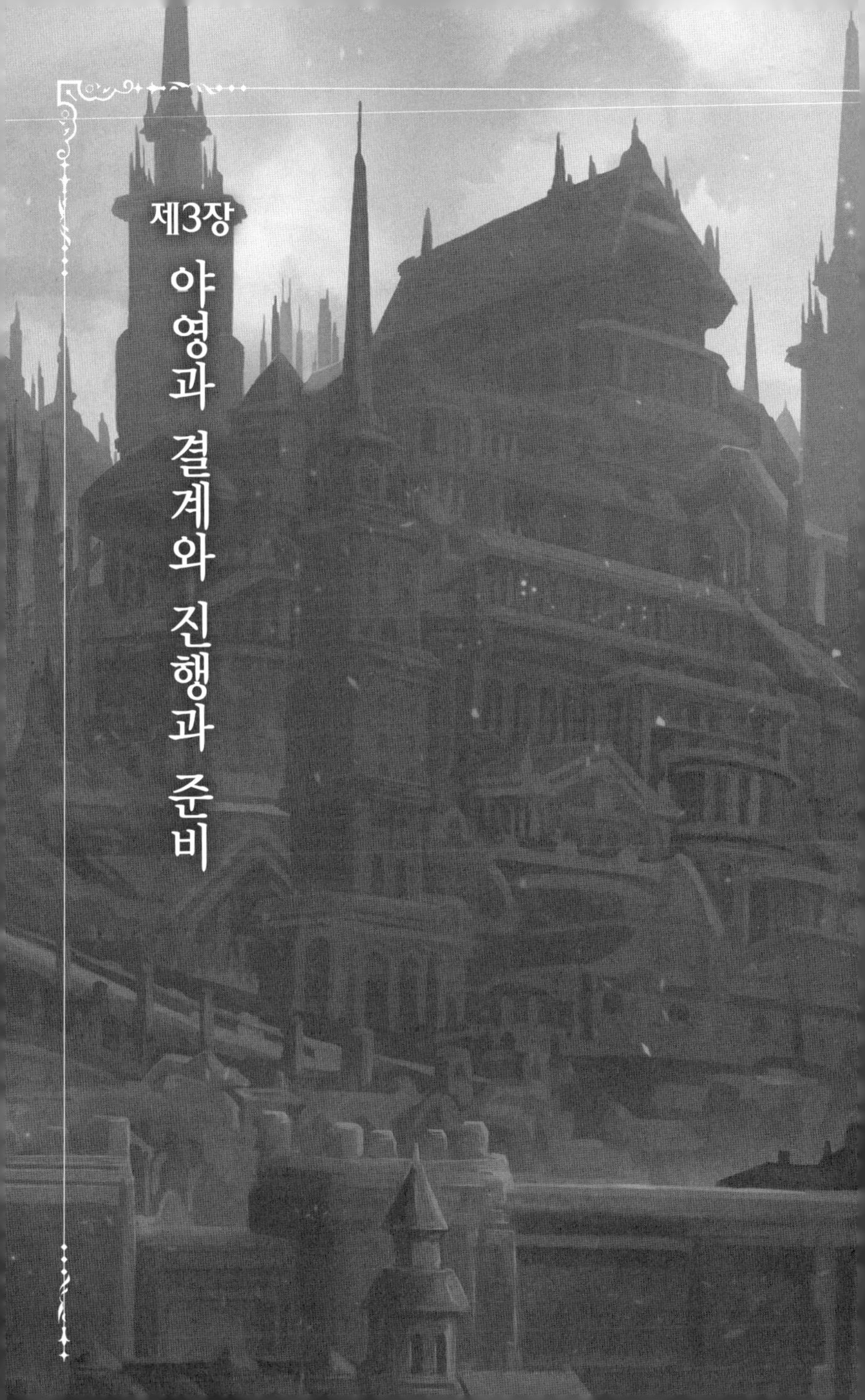

여정에서는 특별히 큰 문제는 없이.

하늘이 주황색으로 물들기 전에, 학생을 포함한 일행은 야영 예정지에 도착했다.

숲속인데도 직경 100미터는 되는 탁 트인 공터가 있다.

하지만 항상 사용되는 기색은 없었기 때문에, 사람 키를 훌쩍 넘는 잡초 등으로 덮여 있었다. 그중에는 이미 수목이 되기 직전인 것도 있다.

먼저 케나를 포함한 모험가들이 그 자리의 안전을 확보한다.

"사라져."

케나가 명령조로 그 일대에 고하자, 위험을 느끼고 도망치는 작은 동물처럼 잡초가 바스락바스락 움직이며 주변 숲속으로 이동해 갔다.

모험가도 학생도, 케나와 코랄 이외의 모두가 예외 없이 입을 쩍 벌리고 그 신기한 현상을 지켜본다.

"역시 자연을 지배하는 하이엘프. 굉장하네."

"아니, 되지 않을까 하고 생각해서 해봤는데. 실제로 되니까 깜짝 놀랐어."

"네가 감탄해서 어쩌자는 거야!"

움직임을 멈춘 사람들 뒤에서 코랄이 케나에게 딴지를 걸었다.

마음을 가다듬은 〈준마〉 파티가 그 일대에 아무것도 없는 것을 확인하고, 학생들이 우르르 몰려든다.

과거에는 앞질러 가서, 이곳에 마물을 불러들이는 향을 설치한 자도 있었기에, 최소한의 경계는 필요하다고 한다.

"대체 무슨 목적으로, 그런 테러 행위를……."

"사정까지는 잘 모르겠지만, 잡초를 뽑았더니 그 뿌리에 향이 설치되어 있어서 말이야. 지독한 냄새와 함께 마물이 우르르 몰려와서 큰일이었지."

"그 자리에 있었나요. 고생했겠네요."

"마물은 별로 강하지 않았지만, 그 냄새만큼은 끔찍했어~."

"옷에도 배어서 난리도 아니었지~."

웃으면서 이야기하는 〈준마〉 사람들. 마물에 대한 고생보다는, 악취 처리가 큰일이었던 듯하다.

악취 소동의 테러범은 숲속에 숨어 일행이 괴로워하는 것을 보고 있다가, 배후에서 다가온 혼 베어에게 당해 중상을 입었다고 한다.

참으로 맥 빠지는 이야기다.

학생들은 과거의 일을 확실하게 학습하고, 자신들의 양식으로 삼는다.

하지만 케나가 주변 나무들에게 캐물은 덕분에, 간단히 몬스터 등의 위험이 없다는 것이 확인되었다.

"편리하네, 케나 양의 종족은."

"일장일단이라고 할 수 있죠. 숲의 비명 같은 게 다이렉트로 들리기도 하니까요."

"으헤에."

〈준마〉 사람들과 이야기하는 중에도 학생들은 움직이고 있었다.

학생들은 교사의 지시에 따라 전체를 3개 그룹으로 나누고, 각자 역할을 분담해 행동하기 시작한다.

1개 그룹은 오늘 밤의 잠자리가 될 텐트를 설치하기 시작하고, 다른 1개 그룹은 교사를 포함한 코랄의 파티, 〈개선의 갑옷〉과 함께 근처를 흐르는 시냇물까지 물을 길으러 나갔다.

나머지는 〈준마〉 파티와 같이 숲속으로 땔감을 주우러 간다.

"아아, 아까 저기로 보낸 수풀에서 땔감으로 쓸 만한 것을 골라내면 되지 않을까?"

"케나 씨, 케나 씨. 그렇게 말해도 생나무는 바로 쓸 수가 없어요."

"괜찮아. 내가 순식간에 수분을 날려 줄 테니까."

"그거야말로 우리를 위한 일이 아니니까요! 이런 데서 쓰려고 하지 마세요!"

교사와 일부 학생이 야영지 주위에 저주 결계를 친다.

마이리네나 론티는 차마 외부조로는 나가지 못하고, 야영지 잔류조다.

케나는 마이마이에게 최후의 보루 취급을 받고 있으므로, 필연적으로 야영지에 남아 있었다.

근위기사 세 사람은 짐마차에서 꺼낸 짐을 옆으로 펼치고 있었다. 전개하듯이 펼쳐진 그건, 5미터 사방의 방 두 개를 내포하는 대형 텐트다.

각처에 뼈대가 되는 금속 막대를 몇 개인가 고정하고, 20분쯤 걸려서 조립이 끝났다.

케나는 호기심에 안을 들여다보더니, "오."하고 감탄했다.

"이거 또 어디선가 본 듯한 물건을……."

"콘셉트로는 그 세계의 물건과 다르지 않아요."

통신 판매 카탈로그 라인업에서 본 물건을 예로 들며 케나가 감탄하고 있자, 아이템 박스에서 꺼낸 테이블 등을 배치하고 있던 아크가 대답했다.

내부에 비치할 가구는 세 사람이 분담해서 아이템 박스에 넣어 운반했다고 한다.

한쪽 방이 식당이 되고, 다른 방은 침실이 되는 듯하다.

가구를 운반하는 것은 플레이어와 양자 캐릭터밖에 할 수 없는 재주다.

"그래도 이런 물건은 사카이 상회 등에서도 취급하고 있으니까, 구하긴 어렵지 않을 거예요."

"아, 평범하게 파는 거구나, 이거. 귀족 같은 사람들의 전용인 줄 알았어."

"원래는 캠핑을 좋아하는 플레이어가 아이디어를 제공했다고 들었는데요."

"헤에. 케이릭에게 물어보면 되려나."

준비를 딱딱 마치고 마이리네가 입실하자, 물을 끓이고 있던 론티가 홍차를 따른다. 케나도 동석할지 물어보지만, 호위 임무를 맡은 몸으로서는 사양해 두었다.

아크 일행도 돌아가면서 안에 한 명, 밖에 두 명으로 호위한다고 하니, 케나의 담당은 다른 방면이 될 것이다.

"자, 어떡할까?"

헤라우와 스홀트가 주위를 단단히 경계하는 가운데, 케나는 잡초가 발하는 비명을 바람의 정령을 통해 차단하고 있었다.

잡초 등의 '목소리' 는 나무들이 발하는 '목소리' 와 달리, '슬픈 듯한 감정' 이 전해지는 정도이지만, 듣고 있어서 기분이 좋아지는 건 아니다.

생각은 바람으로 차단할 수 있는 건 아니지만, 소문 이야기를 좋아하는 바람의 정령이 꺄꺄 하고 떠들썩해서 기분 전환 정도는 된다.

여기까지 오는 여정에서 케나가 부른 바람의 정령은 소환 강도 1이라서, 110레벨이 셋이다.

녹색을 띤 반투명한 4등신 정도의 미소녀처럼 생긴 정령이 재잘재잘 떠들면서 케나의 주위를 빙글빙글 춤춘다.

때때로 케나의 머리카락이나 옷자락을 사용해서 숨바꼭질이나 술래잡기 같은 것을 하며 놀고 있다. 이것도 학생들과 행동을 함께하며 판명된 것이지만, 본래 소환 정령이라는 건 이렇게까지 뚜렷하게 사람 눈에 보이는 것이 아닌 듯하다.

게다가 마법의 지식이 없는 자에게는 모습은커녕 속삭임조차도 들리지 않을 거라고 한다.

게임 시절에는 눈에 보여야 비로소 뭘 할 수 있으니까, 케나와 코랄로서는 그것이 당연하다.

다른 사람에게 어떻게 변명할지 생각하고 있었는데, 학생이나 교사에게는 '힘이 강한 정령을 사역하는 초월자' 로 인식되어 버렸다.

가만히 있기만 해도 자꾸 이상한 인식이 추가되니까, 케나는 눈빛을 흐리고 먼 산을 본다.

물을 길으러 갔던 그룹은 금방 돌아왔으므로, 이번에는 그 그룹이 저녁 식사 준비를 시작하는 듯하다.

학생들이 만든 텐트는 삼각기둥을 옆으로 눕힌 듯한 형태로, 서너 명이 모여서 잘 수 있을 정도의 크기다.

튼튼하고 가는 나무로 뼈대를 만들고, 흰색이나 갈색으로 얼룩덜룩하게 기워 붙인 짐승 가죽을 씌워서 완성이다.

그동안 야영지 설치와 주변 경계는 학생들만으로 하기로 되어 있었다.

아크와 근위기사는 그 임무상 왕녀를 지키는 것이 일이고, 애초에 이 행사는 학생들이 경험을 쌓게 하는 기회다.

케나도 학생을 인솔하는 책임자, 나이를 지긋하게 먹은 남자 교사에게 바람의 정령 사용을 삼가도록 주의를 받았다.

모두가 편리한 방법을 쓸 줄 아는 건 아니며, 그것에만 의지하게 되는 건 학생에게 도움이 되지 않기 때문이라는 이유다.

긴급한 경우를 제외하고 모험자는 할 일이 없거나 교사 역할을 맡는다고 경험자(=코랄)에게서 들었던 케나는 임기응변으로 대처하기로 했다.

"그렇다고는 해도, 내 야영 방법은 힘으로 해결하는 거라서."

텐트마다 작은 모닥불을 피우고 각자 저녁 식사를 만들고 있는 모습을 보며, 케나는 생각에 잠긴다.

지금까지 해본 적 있는 야영은 전부 소환수를 전제로 하는 방법이다.

영원히 타오르고, 땔감도 필요 없는 불 정령에 의한 모닥불이라든가.

푹신푹신한 천연 모피를 이용한 화이트 드래곤의 잠자리라든가.

저주 결계를 쓸 수 없으니, 주위 경계를 브라운 드래곤에게 맡기거나 한다든가.

"어이 케나. 너는 텐트 같은 거 안 쓰게?"

멍하니 서 있자, 이상하게 여긴 코랄이 말을 걸었다.

"아니면 왕녀님 쪽에 얹혀 지내는 건가?"

"아니지. 호위가 밤에 편하게 자서 어쩌자는 거야."

"그렇다고는 해도 휴식 정도는 취하지 않으면 쓰러질 거다."

"그럴 때는【불면불휴】스킬을 활성화할 뿐이지만 말이야."

다만 이 스킬은 나중에 며칠을 몰아서 자야만 해서, 편리하다고는 할 수 없지만.

"칙칙한 남자들밖에 없는 우리와 같이 지내긴 어렵겠지만, 여자들이 있는 〈준마〉에라도 부탁해 보면 어때?"

"아니, 이 집단이니까 모피만 있으면 충분하겠지."

"모피……?"

바람의 정령을 돌려보내고, 새롭게 새하얀 마법진을 전개한 케나에게 주위가 놀란다.

"와라, 하얀 성수여!"

"잠깐잠깐잠깐잠깐! 뭘 부를 셈이야, 넌?!"

눈앞에 있으면서도 순간적인 행동을 저지하지 못했던 코랄이, 비명처럼 목소리를 높인다.

그 제지도 허무하게 하얀 빛이 소환진에서 커지고, 케나의 앞에는 커다란 하얀 덩어리가 출현해 있었다.

얼굴을 파묻으면 정말로 푹신푹신할 것 같은 하얀 모피에 덮여 있다.

그 자리에 있던 사람들은 일부 예외를 제외하고 일제히 넋이 나간 것처럼 입을 쩍 벌렸다.

그곳에 출현한 건 몸길이가 6미터는 될 법한 체구의, 온몸이 새하얀 모피로 덮인 족제비였다.

몸집이 클 뿐, 외모는 보통 족제비와 큰 차이가 없다. 달리 눈에 띄는 점은 본래의 눈 위에 한 쌍의 눈이 더 있다는 것이다.

하얀 짐승은 소환주인 케나에게 고개를 숙이더니 "뀨." 하고 귀엽게 울었다.

그러고 나서 뒷발로 직립하고, 주위를 분주히 둘러보면서 수염을 씰룩씰룩 떨었다.

그 와중에 몸길이의 3분의 1을 차지하는, 굵직하고 복슬복슬한 꼬리를 케나에게 휘감는 것도 잊지 않는다.

주변에서 숨 쉬는 것도 잊고 굳어 있던 사람들은 날카로운 네 개의 시선에 위축되어 다리에서 힘이 풀려 주저앉는 자가 속출한다.

바깥의 소란을 듣고 달려온 마이리네가 텐트에서 얼굴을 내밀고, 하얀 족제비를 보고 눈을 동그랗게 뜨고 있다.

모두가 위축되는 하얀 짐승에게, 전혀 영향을 받지 않은 코랄이 딴지를 걸었다.

"야, 인마! 설명도 없이 갑자기 그런 걸 불러내지 마! 거봐, 다들 겁먹었잖아?"

"네?"

"이상하다는 듯이 고개 갸웃거리지 마! 그나저나 뭐야 저건. 레벨도 안 보이고 본 기억도 없다고!"

케나가 머리 위로 까딱까딱 손짓하자, 네 개의 눈을 가늘게 뜬 큰 족제비가 몸을 숙여 머리를 케나에게 문질렀다.

부드러워 보이는 모피를 쓰다듬는 케나를 보고 화이트 드래곤의 감촉을 떠올렸는지, 마이리네와 론티가 뺨을 확 붉힌다.

노려보던 시선에서 해방된 학생들이 멀찍이서 지켜보는 가운데, 케나는 소환수를 코랄에게 소개했다.

“이 아이는 선계(仙界) 지역의 레어 몬스터. 행운의 왕족제비님이야.”

“수상쩍어…….”

수상한 종교가 팔아먹는 행운의 항아리 수준의 명칭에, 입에 담은 케나조차도 쓴웃음을 짓고 있었다.

행운 어쩌고는 플레이어가 붙인 별명 같은 것으로, 정식 명칭은 ‘선수(仙獸) 이즈나에’ 다.

레벨은 450.

그 이름대로 선계에서만 출현하는 몬스터다.

엄밀히 말하자면 레어 몬스터와는 달리, 그저 단순히 해치우기 어려울 뿐이다.

특수 능력은 【도주】와 【행운】이라서 도망치는 것에 특화되어 있다.

플레이어와 마주치기 전에 도망친다.

멀리서 발견해도 도망친다.

운 좋게 접근전이 되어도 도망친다.

액티브 몬스터의 존재 의의를 정면으로 부정한다는 것이 당시 길드 마스터의 말이다.

운영진에게 불만이 쇄도했을 정도로 잡기 어려운 몬스터라고 하니, 진짜 대단하다.

스피드 특화 성장을 했던 길드 멤버 앞에서도 도망칠 수 있었다고 하니, 어떤 의미에서는 레어 몬스터라는 소문이 돌기도 했다.

행동 패턴이 그렇다 보니, 선계에서 마주칠 수가 없다. 전투태세로 만드는 것조차 지극히 어렵다.

케나 일행이 잡을 때도 인해전술을 구사해 광범위 장벽을 몇 겹이나 치고, 그 범위를 마법으로 융단 폭격하는 방법을 시도해서 몇 번 만에 겨우 달성한 것이다.

시간으로는 현실 시간으로 하룻밤이 꼬박 걸렸고, 참가 멤버는 총 35명.

여기에 스킬 마스터가 13명 있었다는 것이, 이 작전이 얼마나 전대미문이었는지를 잘 말해주고 있다.

해치우지 않고 소환수로 다루면 그 특수 능력이 파티와 소환주에게 공헌한다.

【도주】는 거의 사용되지 않았지만, 【행운】은 아이템 드롭 확률 상승이나 상태이상에 잘 걸리지 않게 되는 등의 저항치 상승.

아군의 특수 공격(독이나 마비) 효과 상승이나 크리티컬 확률 상승 등 공격과 방어 전반에 도움이 되었다. 이즈나에 자체의 공격은 물어뜯기나 할퀴기밖에 없어서, 케나나 한계 돌파자 입장에서는 평소 사용하는 사냥터에서 거치적거릴 뿐이다.

대체로 소환한 뒤에는 강아지처럼 파티에 졸졸 따라다니는 옵션이라는 인식이었다.

이번에 케나가 소환한 건 그 새하얗고 부드러워 보이는 모피가 목적이다.

예전의 화이트 드래곤과 마찬가지로 천연 담요 생물로 소환했을 뿐이다.

최소 레벨로 불러냈다고는 해도, 드래곤은 드래곤.

전설이나 전승처럼 취급되는 드래곤을 본 다른 사람들의 반응이 미지수였던 탓도 있어서 이번에는 이즈나에를 소환한 것인데, 이즈나에의 모습을 본 모두는 하나같이 굳어 있었다.

"어라?"

"사람을 통째로 삼킬 수 있을 것 같은 마물을 불러내면, 누구라도 겁먹잖아!"

코랄의 외침이 이 자리 사람들의 마음을 정확하게 대변했다.

야영지에서 학생들의 텐트는 광장 중앙에 밀집해서 지어졌고, 그곳을 둘러싸듯이 주위에 불이 피워진다.

모험가들의 자리는 알아서 해결한다고 했는데, 4인조인 〈준마〉 파티와 5인조인 〈개선의 갑옷〉 파티는 중앙 모닥불을 사이에 두고 정반대에 자리를 잡는다.

기본적으로 교대로 담요를 두르고 모여서 잘 예정이다.

야간 경계도 학생들이 주도해서 하지만, 모험가들도 마찬가지로 임무를 수행한다.

야간의 생활 방식이나, 어떻게 외부 위험을 감지할 것인지를 지도하기 위해서이기도 하다.

케나도 그것을 본받아 광장의 외곽 쪽, 마이리네 일행의 텐트 근처에 자리를 잡고 있었다.

이건 이즈나에의 초감각에 의지해 위험을 감지하는 역할과 함께, 일행 중에서 케나가 가장 높은 방어력을 가졌기 때문이다.

게다가 적대자의 접근을 만약 케나가 눈치채지 못하더라도, 대 치한용 소환수가 자동으로 작동하는 것도 포함한 배치다.

그렇다고는 해도, 어디까지나 비상용이다.

마이마이의 말을 빌리자면, 왕녀에게 위험이 닥칠 것 같으면 그 힘을 마음껏 개방(마이마이 "거기까지 말 안 했거든요?!")하라는 대의명분이 있다.

이 경우에 위험해지는 적대자는 대륙의 어딘가를 배회하고 있는 퀘스트 몬스터가 아닐까 하고, 케나는 예상하고 있었다.

그것과는 별개로 케나는 '선생님, 잘 부탁합니다.', '어디 한번 볼까.' 같은 조력자 역할을 맡는다.

그건 마이마이가 교사진에게 전달했으므로, 의문을 제기하는 자는 없다.

처음에는 조금 귀찮다고 생각했던 케나도 중간에서 다리 역할을 해주는 코랄이 있는 것에 완전히 안도하고 있었다.

실습에 참가한 학생들은 (왕녀를 포함해) 익숙하게 식사 준비를 갖춘다.

교사진과 각 파티의 리더는 오늘 밤의 불침번 순서를 정한다.

"아, 잠깐 괜찮아?"

"어라, 케나는 뭔가 의견이 있나?"

손을 들면서 그 집단으로 다가간 케나에게 모두의 시선이 집중된다.

"케나 씨는 이쪽과는 별개로 움직인다고 들었습니다만?"

"그렇긴 한데. 오늘 밤에만 몇 시간 정도 여기를 떠날 거라서, 그것만 말해두고 싶어서."

"아아, 학원장님이 말씀하셨던 용무 말인가요. 우리는 상관없지만, 당신이 맡은 호위 임무는 자리를 비워도 괜찮은 건가요?"

"밤에는 이즈나에로 문제없다고 생각해. 상황에 따라서는 한 마리 정도 더 둘 거고."

'한 마리 더 둔다' 는 부분에서 코랄만이 껄끄러운 얼굴을 하고 있었다.

기본적으로 케나가 불러내는 소환수는 고레벨이다.

그 존재는 여기에 있는 자들의 상식을 벗어나며, 미지의 모습을 한 마물이 많다.

모험가를 지망하는 자가 도시 밖에 저런 마물이 있다는 것에 공포를 느껴 그 길을 포기해 버릴지도 모른다는 우려도 있다.

"어이."

"왜? 무슨 일이야, 코랄. 무서운 얼굴이잖아?"

"너무 이상한 녀석을 불러내지 말라고. 저런 게 널렸다고 착각한 녀석이 밖에 나가지 않게 되면 여러모로 곤란해."

몸을 웅크리고 있으면서도 강렬하게 존재감을 발산하는 이즈나에를 손으로 가리키며, 코랄은 가차 없이 쓴소리한다.

"어? 귀여운데."

"저게 귀엽다고 느끼는 사람은 너밖에 없어!"

그 발언에는 입을 삐죽이고 유감을 표한다.

그렇다고는 해도 코랄이 일반인과 지낸 시간이 더 기므로, 충고를 순순히 받아들여 다른 한 마리 소환수는 고양이로 했다. 왕도의 강 축제 때, 루카를 지키려고 남겨두었던 카스팔루그다.

작고 새하얀 고양이를 건네받은 마이리네와 론티는 표정이 완전히 풀어져 있었다.

"냐앙."

""귀, 귀귀귀, 귀여워~.""

"카스팔루그는 두 사람의 신변 경호를 부탁할게."

"냐앙."

겉보기에는 새끼 고양이 같지만, 본래 모습은 표범 같은 맹수 수준이다.

몸집을 바꿀 수 있으며, 이즈나에보다 훨씬 강한 600레벨.

소환주인 케나의 의향에 따라 그 모습을 무해한 새끼 고양이로 바꿨지만, 지금 상태로도 코랄을 끔살할 수 있을 정도다.

그 코랄은 카스팔루그에게【서치】를 썼는지, 껄끄러운 얼굴을 하고 한 걸음 물러서 있었다.

뭔가 불길한 예감이 든 걸지도 모른다.

야영지에서는 학생들이 저녁 식사 준비를 하고 있었다.

모험가들은 각자 자신들이 알아서 준비하기로 되어 있지만, 〈준마〉 쪽은 친해진 학생들과 함께 식사하는 듯하다.

〈개선의 갑옷〉, 코랄 일행은 적당히 재료를 투입하는 남자 요리라고도 할 수 있는 잡탕 수프에, 딱딱한 소금빵으로 저녁 끼니를 때우는 듯했다.

모험가들이 뭘 하는지 지켜보는 가운데, 그것들을 신경 쓰지 않는 케나는 적당히 가져온 고기와 채소와 훈제 생선과 물을【쿠킹 스킬 : 마녀의 가마솥】으로 가공한다.

이건 적당히 세 종류 이상의 식재료를 합성해 HP&MP 10퍼센트 회복 효과가 있는 수프로 만들어 버리는 만능 조리법이다.

회복하는 값의 기준치가 되는 건 작성자의 HP & MP의 10분의 1 정도이기 때문에, 케나가 만드는【마녀의 가마솥】은 마력 회복약으로서는 상급을 뛰어넘어 초특급 클래스다.

평소처럼 섬광이 터진 후에 완성된 그것에, 호기심 가득한 학생들의 시선이 집중된다.

왠지 완성품은 '수상한 보라색으로 부글부글 끓는 액체에 숭덩숭덩 잘린 재료가 떠 있는 가마솥' 이 되어 출현했다.

신기해서 보고 있던 사람들이 모두 무심코 뒷걸음질칠 정도로 기이한 물체다.

게임 속 그래픽 자체가 저랬기 때문에, 별생각 없이 만든 케나도 식은땀을 줄줄 흘린다.

완성품을 본 코랄의 표정도 떨떠름했다.

“마녀의 가마솥이라는 거, 리얼하게 만들면 저렇게 되는 거구나…….”

“응, 나도 좀 질리네…….”

“학생들 앞이다, 남기지 말고 먹어.”

“응, 힘낼게…….”

체념과 슬픔을 짊어진 케나에게, 유일하게 사정을 아는 코랄이 확인 사살을 한다.

행운의 왕족제비님이 흘러나오는 보라색 김을 보고 고개를 돌리고, 소환주의 어깨에 툭 하고 손을 얹었다.

조금 눈물이 그렁그렁해져서, 케나는 스푼을 보라색 액체에 푹 찔러 넣었다.

보라색 요리를 덥석덥석 먹는 케나를, 무서워하면서도 힐끔힐끔 주시하는 자가 많았다.

케나는 “병원 밥 같아.”라고 말하며【마녀의 가마솥】을 전부 먹어 치웠다.

그리고 호기심이 생겨 조금 얻어먹은 교직원 한 명이 졸도하는 바람에 학생들 사이에 동요가 퍼졌다.

독은 아니라고 해서 그 교직원을 텐트로 옮겼는데, 다음 날에는 멀쩡해졌다고 한다.

"만든 게 케나니까, MP가 초과한 거 아닐까?"라는 것이 코랄의 말이다.

모두가 야간 경계를 강화하는 가운데, 케나는 이즈나에에게 야영지에 접근하는 적을 탐색해 달라고 하고, 카스팔루그에게 마이리네 일행의 호위를 부탁했다.

"케나 씨도, 조심하세요."

"응, 뭐, 늦어도 내일 아침에는 돌아올 테니까."

가장 가까운 폐도의 대결계까지 별로 멀지 않다.

저쪽에서의 확인도 포함해서, 케나의 예상으로는 왕복 세 시간 정도다.

도중에 무슨 일이 생기면 또 모르지만, 아침 해가 뜰 때까지는 끝날 것으로 생각하고 있다.

"네가 어떻게 될 거라고는 생각 안 하지만, 무슨 일이 일어날지 모르는 세상이니까, 조심해서 나쁠 건 없지."

"응. 고마워. 지고의 검사님도 이쪽을 부탁할게."

"오, 맡겨라. 그리고 그 호칭은 그만둬."

"아하하하. 슬슬 다녀올게요."

망토를 휘날리며 밤의 숲속을 달려가는 케나를 걱정스러운 시선이 여럿 뒤쫓는다.

일부 학생 사이에서는 "자살 행위야."라든가 "미쳤어."라는 등의 비판적 의견이 여럿 나오고 있었다.

케나가 이곳에서 모습을 감추자, 몸을 웅크리고 있던 이즈나에가 뒷발로 일어서서 주위를 예리하게 노려본다.

일부 학생이 긴장으로 몸을 굳히는 가운데, 코랄이 목소리를 높였다.

"소란 떨지 마! 저 짐승이 탐색을 개시했을 뿐이다! 우리에게 적의를 겨눈 게 아니라고!"

코랄의 말대로 이즈나에는 주위에 귀나 코를 돌리고, 입가의 수염을 희미하게 떨고 있을 뿐이었다.

몇몇이 안도의 한숨을 쉬는 가운데, 〈개선의 갑옷〉의 리더를 맡은 남자 마법사가 코랄을 나무란다.

"너무 큰 소리를 내도, 주위의 짐승을 불러 모을 뿐이라고."

"이런, 미안하군."

머리를 긁적이며 사과하는 코랄에게, 다른 멤버들로부터 웃음이 흘러나왔다.

"뭐, 그때는 지고의 검사님에게 베어 달라고 부탁할 거지만."

"그만둬! 너무 치켜세웠다가 나중에 별거 아니란 게 들키면 어쩌려고 그래."

"그때는 모두가 머리를 숙이면 되겠지."

"내 탓처럼 들리잖아!"

만담 같은 대화를 시작한 〈개선의 갑옷〉을, 학생들은 밤의 어둠을 두려워하지 않는 것을 존경하는 시선으로 봤다.

마찬가지로 장난스러운 태도로 학생들의 긴장을 풀어주려 한 〈준마〉 파티에서는 선수를 빼앗긴 지르도가 어깨를 으쓱하고 있었다.

『적입니다.』

"진짜?!"

한편, 밤의 숲속에서 결계를 향해 쭉 달려가던 케나는 키의 탐색에 걸려든 것이 있다는 정보를 듣고 급제동을 걸었다.

이곳은 아직 아까 케나가 있던 장소에서 수백 미터밖에 떨어지지 않은 장소다.

"진행 방향에서?"

『그런 것 같습니다. 다수 있습니다.』

"칫! 운 나쁘게 왕도로 향하던 녀석들과 맞닥뜨린 건가!"

케나는 순간적으로 소환 마법을 써서 케르베로스를 불러냈다.

"멍멍이들! 멀리 돌아서 적들의 뒤로 돌아가 협격해!"

"""아오오!"""

마법진에서 뛰쳐나온 머리 셋 달린 사냥개가 자세를 낮추고 오른쪽 숲으로 돌진했다.

머릿속 레이더에서 붉은 마커가 다수 뭉쳐진 집단이 접근하는 것을 확인하자, 케나는 아이템 박스에서 아랑의 검을 꺼내고 룬 블레이드도 가동한다.

"케게게게게!"

부스럭부스럭 소리와 함께 전방의 수풀에서 나타난 건 무장한 고블린 집단이었다.

"파벨의 영역 경비대?!"

가죽 갑옷을 입고 돌도끼나 돌창으로 무장한 고블린 파이터가 절반 이상. 나머지는 활이나 지팡이를 든 고블린 아처와 고블린 메이지다.

"잠깐, 60마리 정도 있다고?!"

『퀘스트 몇 개 분량일까요?』

상정했던 수보다 대폭 증원된 퀘스트 몬스터에, 케나의 표정에 초조함이 떠오른다.

본래의 '파벨의 영역 경비대'로 불리는 퀘스트 몬스터는 12마리 정도로 출현한다. 이건 그것의 5배다.

게다가 하나하나 200레벨이라는, 강자들의 집단이다.

본래라면 400레벨 전후의 플레이어가 파티를 짜서 도전하는 퀘스트다.

키의 장벽에 막힌다고는 해도, 수십 발의 화살이나 매직 미사일이 날아오는 건 상당히 등골이 서늘해지는 광경이다.

"끼긱!"

"어?!"

게다가 케나를 한바탕 공격한 뒤에는 수비를 굳히지 않고, 후방에 있던 리더 격인 고블린의 한마디에 제각각 흩어지기 시작하는 것이다.

일부는 뭉쳐서 케나가 있는 곳으로 돌진하지만, 두세 마리가 함께 사방팔방으로 흩어져 간다.

강자이지만 솔로인 케나에 대해, 이 전법은 유효하다.

케나는 후방으로 더 보내면 안 되지만, 상대는 굳이 케나를 상대할 필요가 없기 때문이다.

『머리 좋은 마물이 섞여 있는 것 같네요.』

"감탄하고 있을 때야?! 쿠는 좀 도와줘!"

숨어 있는 쿠에게 도움을 요청하면서, 마법을 발동시킨다.

【매직 스킬 : 정체공간(자리라엘) : ready set】

"공격해!"

직경 15미터는 되는 푸르스름한 전격이 그물이 되어, 가장 먼저 이쪽으로 오는 고블린 무리를 덮친다.

격렬한 스파크를 일으키며 휘감기는 뇌격망에 휩쓸린 고블린들은, 대미지와 마비를 입으며 순식간에 숯덩이가 된다.

그쪽을 끝까지 확인하지 않고, 케나는 왼손에 들고 있던 룬 블레이드의 칼날을 날려, 그 자리를 벗어나려던 고블린 메이지 두 마리를 베어 버린다.

케나의 요청을 듣고 공중으로 훌쩍 날아오른 쿠는 주위를 한번씩 훑어본 뒤, 오른쪽으로 빠져나가려던 고블린들을 향해 붉은 화살표를 날렸다.

아니, 어설프게 날린 것이 아니라 격류처럼 방출된 화살표의 빗발이 고블린 세 마리를 너덜너덜하게 찢어발겼다.

"야호!"

"과잉 공격이잖아!"

전진난만하게 기뻐하는 쿠가 무섭기까지 하다.

고블린을 지휘하는 리더의 집단은 뒤에서 몰래 다가온 케르베로스의 이빨과 발톱에 당해 어이없이 그 몸이 소멸되었다.

머릿속 레이더로 보니 흩어진 고블린들은 크게 둘로 나뉘어 북동쪽과 남쪽으로 이동하고 있는 듯하다. 남쪽은 숫자가 적어서 케르베로스를 보내고, 케나는 북동쪽 방면으로 도망치는 고블린들을 쫓는다.

똑바로 가면 이윽고 가도로 나와, 왕도의 서문 쪽에 도착할 것이다.

레이더를 일일이 체크하고 있었지만, 어느 정도 접근한 지점에서 고블린들의 반응이 일제히 사라졌다.

"어라?"

황급히 멈춰 서려던 참에, 눈앞의 길 건너편에서 일직선으로 이쪽을 향해 날아오는 십자 모양의 궤적을 발견한다.

모종의 검 스킬인 건 명백하지만, 이대로는 정면충돌할 것이라고 깨달은 케나는 순간적으로 단축키로 등록한【호폭풍인(기가 고우론)】을 날렸다.

제트 분사 같은 강풍이 정면을 후려치고, 십자 모양의 궤적과 충돌해 상쇄한다. 그와 동시에 숲속에서 뛰쳐나온 대검의 일격을, 케나는 룬 블레이드와 아랑의 검을 교차해 막았다.

"케나냐!"

"엑시즈?!"

뛰쳐나온 습격자는 케나가 잘 아는 인물이었다.

얼빠진 얼굴로 대검을 내리친 상태 그대로였던 엑시즈는, 케나 너머에서 덤벼드는 큰 덩치를 눈치채고 뒤로 멀리 물러난다.

"""아오오오!"""

"케르베로스?!"

"멍멍이들, 스톱, 스톱! 그거 적 아니야!"

케나에게 지시받은 고블린을 물어 죽이고 뒤따라온 케르베로스가 주인과 칼을 맞대고 있는 자를 적으로 판단하는 데는 시간이 오래 걸리지 않았다.

다시 덤벼들려던 참에 케나가 제지하자, 이빨을 드러내고 으르렁거리면서 주인 옆에 나란히 선다.

적의가 없음을 증명하고자 대검을 등에 되돌린 엑시즈의 뒤에서 쿠올케가 채찍을 휘두르며 달려온다.

"엑시즈, 이쪽은 처리했어. 어, 케나?!"

"아, 쿠올케 씨도 같이 있었구나."

"방금 그 고블린은 네가 보낸 거냐?"

적의는 없어도 의혹의 눈은 케나를 향하고 있었다.

아무래도 고블린이 온 방향에 있었던 탓에 케나가 풀어놓은 고블린으로 착각한 듯하다.

"아니, 내가 아니라니까. 고블린 같은 걸 소환할 수 있는 건 마인족이라고."

"그렇다면 오푸스에게 소환시켜서 네가 데려왔다는 가능성도 있는 거 아냐?"

"있을 리가 없잖아! 나도 습격당한 처지라니까, 이상한 착각은 하지 말라고!"

이상한 오해를 받아서는 참을 수 없다며 목소리를 높이자, 엑시즈는 "하긴 그런가." 하고 납득하며 의심했던 것을 사과한다.

이야기를 따라가지 못해 머리 위에 물음표를 띄우고 있던 쿠올케에게, 케나는 야영지에서 나와 이동하고 있었던 원래 이유도 설명한다.

"네 변명은 알겠다만, 내가 듣고 싶은 건 그게 아니야."

"헤?"

어째서인지 안절부절못하는 상태의 엑시즈가 케나를 향해 험상궂은 드래고이드의 면상을 가까이 들이댄다.

"이 녀석 말인데, 뭔가 케나한테서 메일이 도착한 순간부터 이상하다니까. 【전이 마법】을 써서 펠스케이로로 날아가질 않나 밤도 늦었는데 문지기를 협박해서 돌파하질 않나. 고블린을 발견하고는 '시련이라도 내린 거냐, 그 자식이.' 하고 격노하질 않나, 같이 다니는 사람 처지도 좀 생각해 달라고."

피곤해 죽겠다는 몸짓인 쿠올케는 아이템 박스에서 물통을 꺼내 꿀꺽꿀꺽 마시기 시작했다.

"아, 고생 많았어."

“고생이고 자시고! 아까 그 메일 내용은 대체 뭐냐고?”

“아까?”

“자기가 보낸 메일 내용을 까먹은 거냐. 내 누이가 어쩌니 하는 메일을 보냈잖아!”

“아!”

손바닥을 탁 치고, 기억을 떠올린다.

“아크 씨 말인가.”

“그 아크 누님이 있는 곳을 당장 불라고 말하는 거다.”

“무섭다고, 엑시즈. 그렇게 바싹 들이대면 케나도 말을 못 하잖아.”

옆에서 끼어든 쿠올케가 엑시즈의 머리를 밀어낸다.

보아하니 누나가 무척 걱정되는 모양이다. 케나는 야영지의 호위를 떠넘기려고 생각하며, 아크가 있는 곳을 말하기로 했다.

“아크 씨라면 저쪽에서, 호위 임무를 맡고 있어…….”

정확하게는 호위 중이라는 말을 입에 담았을 즈음, 엑시즈가 그 옆을 스치듯 빠져나가 야영지가 있는 쪽으로 달려가 버렸다.

케나도 쿠올케도 멍하니 지켜볼 수밖에 없었다.

“아, 일단 쫓아가 볼게.”

“아, 응. 그렇게 해. 수상한 사람으로 오해받아서 붙잡히면 뭐하니까.”

이즈나에라면 몰라도, 진심으로 적으로 인식되면 카스팔루그가 나설 것이다.

갑옷 장비에 엄청난 효력을 발휘하는 카스팔루그에게 당하지 않도록, 혈안이 되어 야영지로 돌격한 엑시즈를 뒤따라갈 필요가 있을 것이다.

쿠올케가 밤의 어둠 속으로 사라지고 나서, 쿠가 겨우 케나의 곁으로 돌아온다.

얼굴을 마주 보고 한숨을 쉰 케나는, 원래 왔던 길을 되돌아가기로 했다.

페도를 덮은 결계 근처로 다가간 케나는 주위를 둘러보고 미간을 찌푸렸다.

"너덜너덜하잖아……."

보통 사람은 투명한 막 같은 결계를 보기 어렵지만, 【마력시】나 【마력 감지】 같은 스킬을 전개한 케나에게는 결계의 현재 상태가 훤히 보였다.

본래라면 진주처럼 매끈한 곡면을 형성하고 있을 표면에는 무수한 균열이 거의 전체에 퍼져 있었고, 일부에는 큼직한 구멍도 뚫려 있었다.

가까스로 복구 기능도 작동하고 있는 듯하지만, 구멍이 복구된다고 해도 다른 곳에 여파가 미치는지 균열이 확대되어 구멍이 뚫리는 곳도 있다.

만신창이 수준이 아니라, 붕괴 직전인 건 명백하다.

"이러니 오푸스가 준비를 서두를 만하네."

그렇게 중얼거린 케나 근처의 결계 표면에 물결이 일었다.

마물 출현의 신호로 생각한 케나는 곧바로 경계했다.

하지만 그곳에 나타난 건, 존재감이 희미한 자와 불길한 위압감을 띤 자였다.

그 조합의 생소함에 케나는 눈을 동그랗게 뜬다.

케나의 앞에 모습을 드러낸 건 천사와 악마였다.

한쪽은 네 장의 하얀 날개가 달린 여성형 천사.

다른 한쪽은 머리 없는 목각인형이라고나 할까.

머리 자체는 오른쪽 가슴에 뚫린 공간에 하얀 해골로 박혀 있었다.

경계심을 잔뜩 두르고, 공격 태세에 들어가는 쿠.

케나만이 그 천사와 악마를 알고 있었기에, 평소처럼 태평하게 마주 본다.

"오~ 이런 데서 『아젠트』와 『허 노인』을 만날 줄이야."

왠지 안도하는 천사의 옆에서 목각 악마는 몹시 발끈했다.

"허, 『허 노인』이 뭐냐?! 이래 봬도 『슈베즈』라는 종족명이, 있다고!"

"그런 이름이었나, 키?"

『그렇게 기억하고 있습니다만.』

고개를 갸웃거리며 중얼거린 케나에게, 키가 대답했다.

『허 노인』이란 플레이어 사이에서 통하는 별명 같은 것이다.

외견상의 특징으로 『허무한 노인』을 줄여서 부르고 있었다.

그 정체는 악마로 분류되며, 마계 지역에 출몰하는 슈베즈라는 이름의 몬스터다.

평균 400~500 레벨 정도로 마계 지역 내에서는 비교적 약한 적이지만, 800레벨 몬스터와 섞여서 출현한다.

그리고 플레이어에게 자꾸 약화 마법이나 저주를 거니까, 성가시기 짝이 없는 몬스터다.

파티로 이 녀석들의 집단과 마주치면 전위가 주력 몬스터를 막는 동안 마법사가 슈베즈를 먼저 처리하는 것이 정석이다.

본체가 나무다 보니 (케나 입장에서는) 중급 클래스의 화염 마법으로 깨작깨작 해치우는 것이 정형화된 공략 방법이었다.

다른 한쪽인 『아젠트』는 천계 지역의 신전을 지키는 문지기 역할 몬스터다.

외견은 네 장의 하얀 날개가 달린 여성형 천사. 700레벨이라서 나름대로 강하다.

하지만 전투에는 적합하지 않고, 아젠트 자체는 신전에 장벽을 치는 역할인지라 전면에 나서는 건 대량의 잡몹 천사들이다.

당시 그곳을 공략했던 케나를 포함한 〈크림치즈〉 길드 멤버는 벽이 되는 천사를 쓰러뜨리면서 장벽에 구멍을 뚫고, 구멍이 재생되어 막히기 전에 안쪽에 있는 아젠트를 깎는 식의 공정을 십여 번 정도 반복해서 공략했다.

그리고 눈앞에 있는 둘은 아무리 봐도 적대자로 보이지 않아서, 케나는 경계 태세를 해제했다. 이들을 노려보고 있던 쿠도 케나가 힘을 빼는 것을 보자, 날아서 내려와 정 위치인 어깨에 앉는다.

"일부러 눈앞에 나타난 거니, 무슨 할 말이라도 있는 거야?"

슈베즈와 아젠트는 케나보다 몇 걸음 떨어진 장소에서 정지하고, 그 자리에 무릎을 꿇고 머리를 숙였다.

"우리는 오페케텐슐트하이머 님께 소환된 자들."

"그분의 맹우이신 케나 님을 겨눌 칼날은 없습니다."

"아아, 역시. 그래서 오푸스가 만나라고 한 거구나……."

그럴 줄 알았다며 쓴웃음을 짓는 케나가 절절하게 중얼거리자, 키가 『그렇겠죠.』하고 한숨을 쉬었다.

"실은 케나 님께서 이쪽에 오시는 건 오푸스 님께 연락을 받았습니다."

"미리 손을 써놓은 것 좀 봐. 자기 입으로 직접 현재 상황을 말하라고."

평소에도 얼굴을 보니까, 할 말이 있으면 처음부터 말하라는 거다.

"나도, 잘 감시하고 있었다는 게다!"

"무슨 소리야?!"

자세히 들어보니 별것도 아니다.

케나의 행동은 거의 슈베즈의 감시하에 있었다는 것이다.

이 슈베즈는 케나가 펠스케이로에 처음 방문한 날부터, 그림자 속에서, 어둠 속에서, 떨어질 듯 말 듯 지켜보고 있었다.

얻은 정보는 그 전부를 오푸스에게 흘리고 있었지만, 그 밖에도 예기치 못한 외부 간섭을 막는다는 목적도 있었던 것 같다.

어둠의 조직이 케나를 노렸을 때 '5대공'을 사칭해 역으로 그 조직을 괴멸했을 때 정도밖에 나선 적이 없었다고는 하지만, 실제로 어땠을지는 의심스럽다.

"어쩐지 이상한 데서 그 녀석의 잔상이 보인다 싶었어. 감시할 거면 먼저 말로 양해를 구하거나 하면 되잖아!"

볼을 부풀린 케나였지만, 슈베즈의 옆에서 미소를 띤 채 미동도 하지 않는 아젠트를 눈치채고 시선을 돌린다.

"혹시 폐도의 결계를 유지하고 있었던 건 아젠트야?"

"네. 그렇습니다."

몇 번이고 싸운 적이 있어서 아젠트의 생태(?)를 잘 아는 케나는 설명을 듣기도 전에 대강의 사정을 파악했다.

그 아젠트 자체는 몸 여기저기에서 긁힌 듯한 노이즈가 눈에 띈다. 슬슬 현재의 소환 상태를 유지하는 것도 한계인 거겠지.

"오푸스의 지속 시간 연장이 200년이나 갈 것 같진 않은데."

"저도 잘 모르겠지만, 듣기론 이곳에 연결했다고 합니다."

"아아, 오푸스가 말했던 특수 능력인가."

『그 녀석의 연결 능력은 대상이 소멸하지 않는 이상, 효과가 사라지지 않으니까요.』

한 번이라도 소환해 보면 알 수 있지만, 아젠트를 불러내면 저레벨 천사군이 같이 따라온다.

아젠트는 거점 방어용 유닛으로서 우수하고, 부속 천사들은 외적 처리용인 셈이다.

아젠트가 가진 엑스트라 스킬인 【장벽】은 플레이어가 얻을 수 없는 특별 레어 스킬이다.

플레이어가 가질 수 있는 【차단 결계】는 내구도가 다하면, 덮고 있던 장소 전부가 드러난다.

하지만 아젠트가 가진 【장벽】은 육각형 타일의 집합체처럼 만들어져, 내구도는 각 부분에 분산되어 있다. 그래서 한 구획이 뚫려도 MP만 있으면 쉽게 복구할 수 있는 것이다.

아마도 초창기에는 【장벽】을 뚫고 나온 몬스터를 천사군이 토벌했을 것이다.

오푸스가 때때로 유지보수용으로 MP를 나눠주면서 고쳤던 것 같지만, 최근 몇 년간 천사군의 소모도 격렬해서 슬슬 한계가 온 듯하다.

그래서 밖으로 나간 몬스터는 대륙 여기저기로 흩어져, 케나를 번거롭게 하는 결과가 된 것이다.

"혹시 아까 그 고블린 군대도?"

"죄송합니다. 저도 【장벽】 제어만으로 벅차서……."

"아니, 그건 해치웠으니까 괜찮은데, 괜찮아? 몸 안 좋아?"

거기까지 말하고 케나는 미간을 찌푸렸다.

아젠트의 모습은 때때로 노이즈에 휩싸여, 제대로 모습을 유지하고 있는 것조차 기적 같다.

"소멸이…… 가까운 거네?"

"그렇네요. 아마 지금의 저는 가까운 시일에 소멸하겠지요."

"MP를 대량으로 양도하는 건 가능한데?"

케나의 물음에 아젠트는 힘없이 고개를 가로저었다.

"이제는 복구할 여력도 없습니다. 억지로 존재를 유지하는 것도 이것이 한계입니다."

"그래. 내부 상황은 알 수 있어?"

"네, 혈기 왕성한 자는 재빨리 밖으로 나갔습니다만, 힘을 모으면서 기다리고 있는 자들이 수없이 많습니다. 【장벽】이 없어진 사실이 판명되는 순간, 모든 원한과 고통을 가슴에 품고 바깥을 유린하려 하겠지요."

"2~3일 안에 해제된다는 건 아니네?"

"그렇, 네요. 아직 며칠은 버티겠지만, 기다리지 못하는 자가 밖으로 나올 가능성은 있겠지요."

"아이고야."

"캠프 당하겠네."

그때까지 침묵하고 있던 쿠가, 야영지가 있는 방향을 돌아보며 중얼거린다.

"주위에 일반인이 있는 건가요?"

"강해 봤자 300레벨대의 코랄밖에 전력이 없으니까. 50명이나 되는 집단을 지키기에는 벅찬데…… 엑시즈랑 쿠올케 씨도 있으니까 괜찮으려나?"

"이 땅의 마물과 달리, 그 세계의 마물은 탐색 능력이 높으니까요. 근처에 있는 인간의 집단은 금방 찾아낼 거예요."

"우와, 이거 좀 빨리 피난시키지 않으면 안 되겠네. 덤으로 왕도에 계엄령을 내릴 필요도 있으려나."

아젠트에게 "아마 오푸스가 어떻게든 할 테니까, 그때까지 힘내."라고 말을 건네고 발길을 돌리려던 케나였지만, 배웅하는 자세였던 슈베즈는 어떻게 할 것인지 물어보았다.

"나는 내부 마물 사이에 잠입하는 스파이 역할이 있다."

"흐응. 잘 모르겠지만, 너도 힘내."

그들에게 손을 살랑살랑 흔든 케나는 서둘러 야영지로 돌아가, 마물이 습격할 가능성을 교직원과 모험가들에게 전파했다.

"지난번엔 기사들이 도움이 안 돼서 모험가들만으로도 물리쳤잖아. 문제없는 거 아니야?"

〈준마〉의 지르도는 지난번 습격 때 마침 그 현장에 있었던 듯하다. 확실히 지난번 습격은 게임 출신의 몬스터가 현지 몬스터를 조종하고 있었기에 그 정도의 전력으로도 어떻게든 됐다.

게임 출신 몬스터가 주력으로 쳐들어오면 현지 모험가들은 길바닥의 놀멩이처럼 짓밟히기만 한다.

그 부분은 코랄과 잽싸게 이 집단에 끼어드는 데 성공한 엑시즈 일행이 설명해 주었다.

"하지만 밤에 이동하긴 어렵습니다. 최소한 내일이 되고 나서라도 괜찮겠습니까?"

학생 측 대표와 협의하고 있던 교직원이 이것만큼은 양보할 수 없다고 말한 건 받아들인다.

“그나저나 폐도라고? 대체 얼마나 많은 마물을 봉인해 뒀던 거야…….”

“나한테 물어봐도 알 게 뭐야.”

“그런가, 그렇다면 그 유령선도 폐도에서 나온 거였구나. 루카네 마을의 원수를 갚아줄 수 있겠군.”

“혈기가 왕성한 건 좋은데, 잠깐 기다려.”

“뭐야?”

“오푸스가 그것 관련으로 이벤트를 계획 중이야. 퀘스트인지 이벤트인지는 모르겠지만.”

“또 그 녀석은 뭘 꾸미고 있는 거냐……. 너는 그 녀석의 목줄이나 잘 잡고 있으라고.”

“그 목줄이 없다니까!”

——한편, 어딘지도 모를 어둠 속에서 오푸스는.

“흠, 준비는 다 됐다. 케나에게도 전해진 듯하고. 마지막 퀘스트를 이걸로 시작할 수 있겠군.”

시커먼 속내가 보이는 미소를 지으며, 여러 가지 준비를 마친 참이었다.

제4장 공지와 집결과 이벤트와 시작

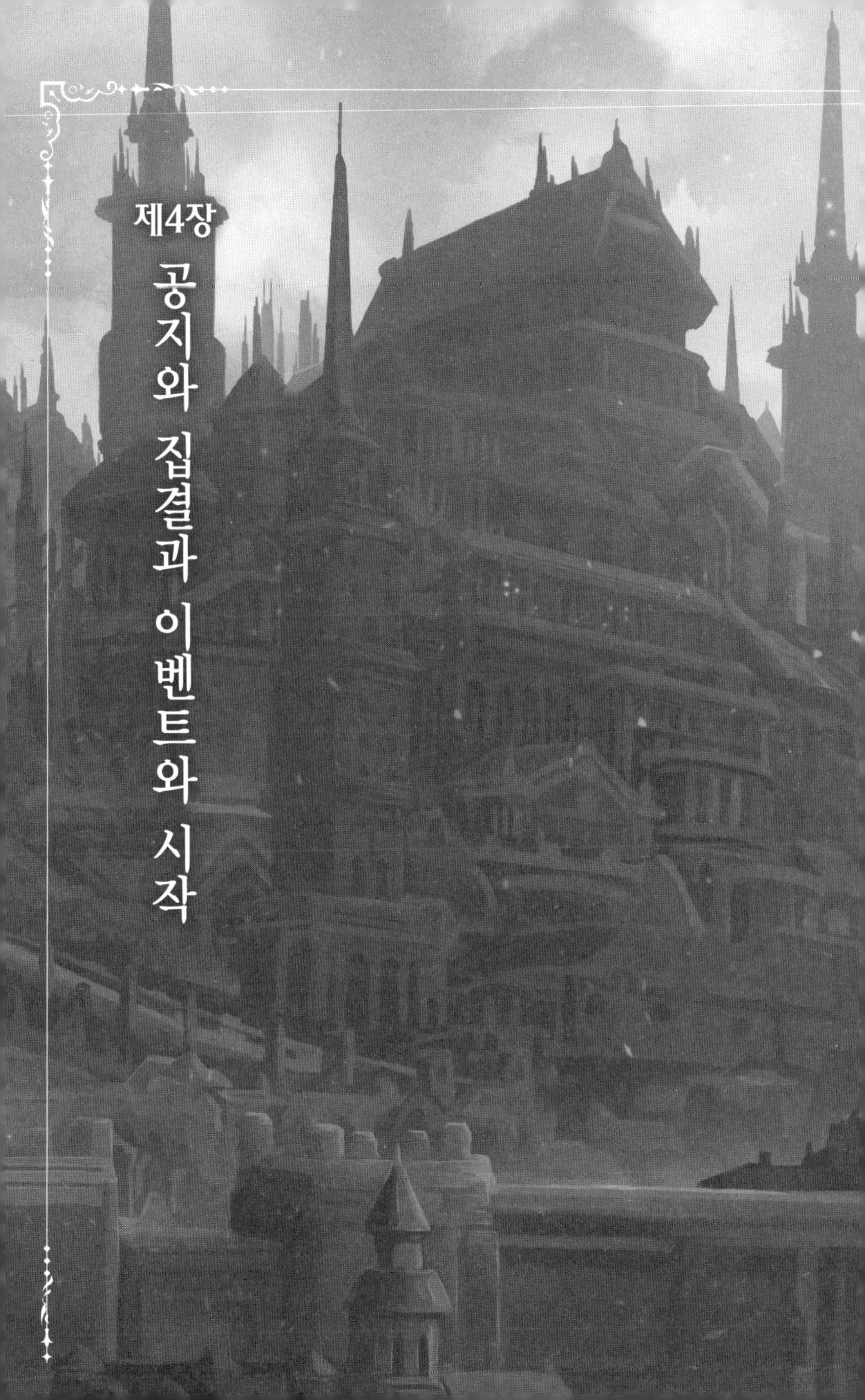

아젠트와 슈베즈를 만난 다음 날.

케나는 학생들을 왕도로 돌려보낸다.

물론 일부 참가자는 하루 만에 끝난 행사에 불만을 토로하기도 했다.

그리고 의뢰를 받고도 제대로 임무를 완수하지 못한 채 강제로 중단하게 된 모험가들 사이에서 특히 불만이 크게 터져 나왔다.

"그런, 올지 안 올지도 모르는 몬스터 무리에 겁먹을 필요도 없잖아!"

"아니, 솔선해서 죽고 싶다면 상관없지만. 남에게 책임은 떠넘기지 말아 줄래?"

모험가 길드 앞에서 〈준마〉의 지르도가 케나에게 대든다.

그에 맞서는 케나는 냉담하기 그지없다.

아무리 폐도에 봉인되었던 퀘스트 몬스터라고 해도, 내부를 직접 본 것도 아니라서 전체 양상까지 파악하고 있지는 않다.

그럼에도 케나가 아는 한, 가장 약한 퀘스트 몬스터라도 눈앞의 지르도를 유린하는 건 식은 죽 먹기다.

연민의 시선을 받고 있다는 것을 이해한 지르도가 격앙하는 것도 어쩔 수 없다.

말없이 그것을 바라보고 있던 코랄이 케나로서는 친절한 표현이 어렵다고 판단하여 지르도와의 사이에 끼어들었다.

"진정하라고."

"윽. 음. 응."

"저래 봬도 저 녀석도 나름대로 너를 걱정하고 있는 거라고. 봐서는 모를 수도 있지만, 지금 이 주변에서 제일 강한 건 저 녀석이니까. 뭐, 말투에 가시가 있고, 말을 고르는 배려가 하나도 없는 건 나도 인정하는 바이지만."

"저런 쬐끄만 녀석이?!"

그 말을 들은 지르도도, 모험가 길드에 있으면서 귀를 기울이고 있던 동업자들도, 케나를 다시 보며 눈을 휘둥그레 떴다.

이것을 케나 본인에게 들었다면, 믿는 자와 믿지 않는 자의 비율은 반반 정도일 것이다.

오랫동안 펠스케이로의 모험가 길드에 몸담고 있는 〈개선의 갑옷〉 멤버이기에 그 발언에 신빙성이 있는 것이다. 차곡차곡 실적을 쌓은 결과다.

"〈지고의 검사〉인 자네조차도?"

"응?"

"자네조차도 저 아가씨에게는 당해낼 수 없다는 말인가?"

"아, 뭘 기대하고 있는지는 모르는 바 아니지만, 나라도 케나에게 걸리면 순식간에 죽어. 역량이라는 점에 있어서는 저 녀석을 아무도 당할 수 없지."

"그런가……, 알겠다."

다소 기대하는 감정으로 보던 지르도도 순순히 패배를 인정하는 코랄의 태도를 보고는 간단히 물러섰다.

"왠지 미안한 짓을 해버렸나……."

"플레이어의 감성으로 하는 말을 이해할 수 있는 건 플레이어뿐이야. 다른 녀석들에게 무슨 말을 해도 이해할 수 있을 거라고는 생각 안 해. 그 점은 포기해."

"응. 중재해 줘서 고마워, 코랄."

"오오, 이런 일이라면 맡겨 두라고!"

얌전해진 케나에게 감사의 말을 듣자, 코랄은 가슴을 두드리며 만족스러워했다.

코랄의 동료는 지르도 일행을 달래겠다며 뒤쫓아간다.

"무슨 일을 저지를지는 모르겠지만, 그게 끝나면 당분간 코랄의 몫은 줄일 겁니다."

"진짜냐."

"네, 진짜입니다."

리더인 남자 마법사가 웃음기 없는 미소로 당부하자, 코랄은 어깨를 축 늘어뜨린다.

"저기, 고생이 많네?"

"하아……."

케나는 왕도로 돌아오고 나서 꼬마들에게 심부름을 부탁해 카타츠가 있는 곳으로 '긴급 사태' 라고 적힌 편지를 전하게 했다.

얼마 시간이 지나지 않아 스카르고에게서 '왕에게 진언해 보겠습니다.' 라는 답장을 받아서, 자식들 사이에는 문제없이 전해진 듯하다.

그것과는 별개로 케나는 그린 드래곤을 소환해 폐도의 결계에 대해 어젯밤에 한 이야기를 정리한 편지를 오우타로퀘스에 있는 사하라셰드에게 전하도록 날려 보냈다.

오푸스에게는 일단 프렌드 통신으로 연락을 마쳤지만, 답장은 아직 오지 않았다.

애초에 결계에 가라고 말한 건 오푸스니까, 이벤트 퀘스트에 대해서 통보 정도는 있어야 마땅하지 않을까.

이 결과에 기분이 상한 케나는 아까부터 화가 나 있다.

"젠장, 뭔가 꾸미고 있네, 그 자식……."

"뭐라고 할까, 어머님은 백부님에게 독설이 많네요……."

"이럴 때 그 녀석이 아무것도 안 할 리가 없잖아! 이거 전부 경험담이니까! 전쟁 때도 터무니없는 억지를 부려댔고."

연락을 받고 학생들을 맞이하러 나온 마이마이가 케나의 곁에 있었다.

마이마이는 "행사에 대해서는 후일에 다시 일정을 잡겠다."라고 참가자에게 통보한 후, 이 자리에 남았다.

플레이어끼리 이야기하고자 사람이 없고 넓은 장소를 찾고 있던 케나에게, 마이마이는 학원 교정을 제안했다. 그 말에 따라 이동하여 다시 대화를 시작하고 있다.

케나가 분개하는 오푸스의 작전은 좌우지간 길드 멤버나 아군 플레이어를 혹사하는 경우가 많다.

전쟁 때 경계선 구역으로 적대국 병력을 80퍼센트 이상 끌어들이고, 그 지역을 통째로 뒤덮는 몬스터 발생 이벤트를 시작했을 때라든가.

그때까지 거점 방위에 동원된 건 케나를 포함한 세 명의 길드 멤버뿐이었다고 한다.

벽 용도로 대량의 드래곤을 소환하고 1000명이 넘는 플레이어를 세 명이 네 시간이나 상대하는 처지가 되어, 남은 반나절은 초췌해져 있었던 적도 있었다.

스킬로도 앞이 보이지 않는 깜깜한 어둠 속에서 대량의 몬스터가 계속 발생하는 극악무도 이벤트에 노출된 플레이어의 공포는 필설로 다하기 어려운 것이었으리라.

적대국 플레이어가 죽어서 부활하는 세이브 지점도 그 지역에 있었기에, 참가자는 남은 반나절 동안, 부활→사망→부활→사망을 반복했다고 한다.

물론 게임 게시판에서 누구의 소행인지 알게 된 적대국 플레이어들은 오푸스를 향한 원망의 목소리를 끝없이 토해내고 있었다.

그 밖에도 미리 【변장】해서 흑국과 인접하지 않은 적국(赤國)에 잠입해야 했을 때라든가.

전쟁 종료 시간 10분 전 경계선의 포인트 근처에 버프를 왕창 건 【운석낙하(기가 스트라이크)】를 처박아 끝없이 쟁탈전을 벌이고 있던 적국과 청국(靑國) 진영을 무차별로 광범위하게 날려버렸다.

그때까지 채집 포인트는 전쟁 종료까지의 10분 동안 그 자리를 지배한 진영의 소유가 된다는 규칙이었기 때문에, 기쁘게도 그곳은 흑국이 승리하여 점거하게 되었다.

나중에 공식 사이트뿐만 아니라 각 종합 게시판에서 비난이 쏟아지는 바람에 운영진이 허둥대는 궁지에 몰렸다.

그래서인지 나중에 운영진이 점거 규칙의 변경을 공지한 것은 말할 나위도 없다.

지금 생각하면, 규칙을 변경하기 위해 특공을 강요당했다고 생각할 수밖에 없는 소행이다.

물론 잘못은 시키는 대로 척척 실행하는 케나에게도 있지만, 말발에 넘어가 납득해버리니 어쩔 수 없다.

오푸스를 말발로 이길 수 있는 사람은 과거 부길마였던 에베로페 정도일 것이다.

떠올릴 때마다 당시의 분노, 아니 허탈감이 되살아나 침울해진다.

마이마이만이 그 침묵을 무시무시한 무언가로 오해하고 새파랗게 질린 얼굴로 있었다.

"너 말이야. 거기서 옛날의 씁쓸한 기억을 들춰내지 말라고."

"뭐야, 타르타르소스도 동원당했었잖아."

"지금은 타르타로스가 아니라고 했잖아!"

그 와중에 끼어든 건 엑시즈다.

한쪽에서 복잡한 표정을 한 쿠올케는 그렇다 쳐도, 그 반대쪽에는 싱글벙글한 아크가 대기하고 있었다.

좌우에 여자를 끼고 있는 것처럼 보여서 주위 남자들에게 한창 핏발 선 살의의 시선을 받고 있다.

당사자는 그런 시선 따위 아랑곳하지 않지만.

〈크림치즈〉 길드에서 단련된 강인한 멘탈은 남자의 질투 정도에 꿈쩍도 하지 않는다.

"어디 있었는지는 모르겠지만, 용케도 내가 있는 곳에 핀포인트로 쳐들어왔네."

"넌 무슨 소릴 하는 거야. 제대로 된 맵이 있으면 프렌드의 현재 위치를 파악하는 건 식은 죽 먹기잖아?"

"어? 그랬, 던가……."

이 부분은 행동반경이 좁은 케나와 그때까지 모험가로서 여기저기를 누비고 다녔던 엑시즈의 차이다.

대륙 전체의 맵을 거의 완성했다고 해도 과언이 아닌 엑시즈와 주요 도시와 동쪽의 가도 정도밖에 왕래하지 않은 케나의 맵에서는 파악할 수 있는 범위의 차원이 다르다.

"이 녀석, 【전이】 쓸 수 있는 걸 숨기고 있었다니까."

불만이 가득한 쿠올케가 투덜거리며 발언한다.

"아니, 그치만 말이야. 너도 비장의 카드 정도는 남기고 싶잖

아. 무슨 일이 있을지 모르는 거고."

"한마디 정도는 해줬으면 좋았어……."

두 사람의 속사정을 모른다면, 애정 싸움처럼 보이지 않는 것도 아니다.

"아, 그래서 가까운 곳으로 전이하고, 거기서 내가 있는 곳까지 일직선으로 온 거구나."

엑시즈가 만약을 위해 등록해 둔 장소는 폐허가 된 어촌이었다. 루카의 고향이다.

거기서부터 케나가 있는 데까지 이동 스킬을 구사해 숲이나 강을 일직선으로 돌파한 것이다. 그렇게 도착한 직후에 고블린 솔저에게 습격당했고, 반격했더니 케나와 합류했다는 말이다.

"아크 씨."

"네?"

"저거, 당신 동생 맞아요?"

"네, 얼굴이 조금 험악해졌지만, 로스짱이 맞는 것 같아요."

"로스짱……?"

"아! 저기, 예전 아바타를 그렇게 불렀거든요. 현실과 혼동하지 않으려고 했는데요. 어느새 그렇게 부르는 버릇이 들어 버려서……."

허둥지둥 손을 흔들면서 필사적으로 해설해 주는 아크를 본 다른 사람들은 마음이 푸근해졌고, 엑시즈는 머리를 감싸 쥐고 있었다.

"아니, 얼굴은 종족적인 거니까."라고 중얼거리는 엑시즈.

"응응, 오랜만이네, 로스짱. 여전히…… 안심했어. 건강해서 정말 다행이네."

그때까지 당황했던 것이 뭐였냐는 것처럼 듬직한 어른의 관록을 보여주는 아크에게, 케나는 눈을 동그랗게 떴다.

"…………그래, 이런 사람, 이었지……."

어깨를 축 늘어뜨리고, 한숨을 길게 쉬는 엑시즈.

케나는 길드에서 모두에게 반응이 재미있다며 놀림당하던 타르타로스를 떠올리고, '현실에서도 일상다반사로 놀림거리였나.' 하고 납득했다.

현실과 게임에서 자꾸 놀림당했다면 다른 계정으로 도피한 것도 이해가 된다. 게임을 접지 않은 것이 신기할 정도이기는 하지만.

"와, 몰라보게 강해 보여. 인상이 험상궂네."

"내버려둬!" 등등, 남매의 끈끈한 정을 확인(?)하고 있는 두 사람은 내버려둔다.

쿠올케는 여기까지 오는 길에 엑시즈의 사정을 들은 듯, 재미있다는 듯이 그 광경을 바라보고 있었다.

그 두 사람에게, 재회의 기쁨을 무시하고 케나가 태연하게 협력을 요청한다.

"여기에 온 이상 다 끝난 거야. 마침 잘됐으니 두 사람도 좀 도와줘."

"다 끝났다니, 엄청 심한 말 아니야?"

"이 정도의 부조리함에 고개를 갸웃거릴 수 있다면 아직 행복한 거라고 생각해."

"앞으로 얼마나 더한 부조리가 기다리고 있다는 거야?!"

"딴지를 걸어도 소용없어, 쿠올케. 케나의 부조리함은 길드에서도 최고였으니까."

"오푸스나 에베로페 씨처럼 말하지 말아 줄래?"

"방향성이 다를 뿐이지, 두 사람에게도 뒤지지 않는다고. 너의 몰상식함!"

"어어어?!"

""그런 걸로 놀라는 거냐…….""

어이가 없어서 중얼거리는 쿠올케와 코랄. 역시 최강 수준의 길드 사람은 어딘가 이상한 거라며 납득하고 있었다.

마이마이는 어지럽게 바뀌는 화제를 따라가지 못해서, 도중부터 조용히 이야기를 듣기만 하는 장식물로 전락했다.

이야기의 방향을 수정하고자, 쿠가 케나의 귀를 잡아당기며 "폐도, 폐도."하고 귓속말한다.

그제야 자신이 할 말을 떠올리고, 케나는 손바닥을 딱 쳤다.

"일단 '폐도의 몬스터를 섬멸하자' 고 제안하고 싶은데, 어때?"

'사냥 한판 하러 가자' 처럼 가볍게 나온 제안에, 다른 플레이어들이 생각하는 건 하나였다.

"""스킬 마스터인 한계 돌파자가 도전할 만한 공략전에 우리를 끌어들이지 마!!"""

코랄과 쿠올케와 엑시즈가 온 힘을 거부 의사를 드러낸다.

아크는 무슨 말인지 몰라서 어리둥절해하고 있었다.

일단 끌어들이는 것이니 '폐도 안에서 몬스터가 늘어나고 있을지도 모른다' 는 추측과, '아젠트의 장벽이 수명을 다했다는 것' 을 섞어서 설명해 둔다.

"옛날 동료가 거부하지 마. 뭐, 전면에 직접 나서라고는 말 안 할 테니까, 적어도 빠져나간 잡몹 정도는 처리해 주면 좋겠어."

"끙끙끙. 그렇다고는 해도, 폐도는 꽤 넓다고. 썩어도 차국의 수도였던 곳이잖아. 거기에 몬스터가 들끓는다고 치면, 얼마나 많을 줄 알기나 해?"

"맞아, 맞아. 여기 네 명으로 어떻게 하자는 건 말도 안 되잖아. 저쪽 레벨도 모르는 판에."

게임 당시, 7국의 수도는 랜덤으로 플레이어의 출발 지점이 되었다.

그래서 수도의 역할 중 하나는 초보자 서포트였으며, 기초 무기&아이템 등의 판매 시설이 충실했다.

또한 각 플레이어가 사냥으로 구한 재료나 생산 전문 플레이어의 노점도 있었다. 각 지역에서 채집할 수 있는 아이템의 차이에 따라 특산물이 되는 건 각양각색이었지만.

게다가 중급자(500레벨대)까지가 수도 근처에서 놀 수 있도록, 수도 지하에 광대한 던전이 있는 것이 보통이었다.

그 던전도 도시 지하에 만들어진 하수도이거나, 수도가 만들어지기 전에 묻힌 고대 도시이거나. 혹은 어딘가의 마도사가 취미로 만들어 낸 비밀기지이거나, 바이오해저드(생물학적 재해)가 발생해 봉쇄된 연구 기관의 시설이거나 하는 등, 각 도시에 따라 설치된 이유는 각양각색이었다.

그중에서도 가장 심한 건, 정기적으로 리치가 지상으로 튀어나오는 흑국일 것이다.

지하에 있는 동굴에는 아직도 호시탐탐 지상의 지배권을 노리는 마왕의 후예가 있다나 뭐라나. 까놓고 말해 초보자에게 가혹한 나라인 건 말할 필요도 없지만.

엑시즈가 염려하고 있는 것이 바로 그것이다.

지상에만 몬스터가 들끓는다면 또 모를까, 지하 시설까지 포함하면 수도의 부지는 지표면의 세 배 이상으로 불어난다.

그곳에 몬스터가 바글바글 서식하고 있다면, 플레이어 몇 명으로 어떻게 섬멸하라는 걸까?

물론 그건 엑시즈의 이전 모습인 타르타로스와 동등하게 폐인 레벨까지 파고들었던 케나도 이미 잘 알고 있는 바다.

"그야 뭐, 천차만별이겠지."

"엄청 대충이네, 어이! 그걸 네 명이서 처리하라는 건 무리 아니냐?"

"오푸스도 가세할 거지만 말이야. 그건 뭐, 어떻게든 할 수밖에 없겠지. 나도 루카 같은 아이를 더 늘리고 싶지는 않으니까. 벌써 인맥을 총동원해서 삼국에 방위를 타진 중이고."

"손쓰는 게 빠르다고 해야 할지, 벌써 삼국에 협력을 타진할 수 있을 만한 인맥이 있다는 것에 입이 다물어지지 않아……."

쿠올케의 말에는 케나도 쓴웃음을 지을 수밖에 없다.

어째서인지 양자나 친척으로 이어지는 관계자 중에 나라를 운영하고 있거나, 나라에 없어서는 안 될 지위에 있는 자가 대부분이다.

그것은 눈앞에서 생글생글 웃는 마이마이도 예외는 아니다.

"어째서 이렇게 된 걸까……."

"그야 물론 어머님의 인덕이죠!"

"200년 동안 부재중이었는데, 무슨 인덕이 있는지 영문을 모르겠어……."

한숨이 나올 수밖에 없다.

거기에 더욱 한숨의 원인이 되는 사태가 날카로운 포효와 함께 내려왔다.

체육관만 한 몸집에 커다란 날개를 펼쳐 지면을 파내며 착지한 블랙 드래곤. 레벨은 550.

【서먼 매직 : 드래곤】 중에서는 레드 드래곤과 마찬가지로 공격력에 있어서 쌍벽을 자랑하며, 이쪽은 광범위 공격 특화다.

케나도 전쟁 중에는 자주 사용해서 익숙한 소환수다.

그리고 그 등에서 두 명의 인물이 뛰어내렸다.

새까만 코트 차림의 오푸스와 평소와 같은 메이드 차림인 사이렌이다.

"오래 기다리셨습니다, 케나 님."

"뭐냐, 아직 이런 곳에서 빈둥거리고 있었나."

"백부님?"

"너냐, 오푸스?!"

"우와, 스킬 마스터가 두 명이나 모이다니. 이 상황은 대체 뭐래……."

"왠지 모르게 오한이 드는걸."

마이마이, 엑시즈, 코랄, 쿠올케 순으로 이상한 예감을 느끼고 각자의 생각을 입에 담는다. 그리고 케나만이 이마에 주름을 잡고 생각에 잠긴다.

〈리아데일의 공명〉과 〈은색 고리의 마녀〉가 갖춰진 상황에 마음속 깊은 곳에서 불안이 샘솟는 건 쿠올케와 코랄.

두 사람이 나란히 선 모습이 결전 직전의 현장 상황이라는 사실에 오한이 드는 엑시즈.

일시적으로 침묵이 깔린 이곳에서 누군가가 입을 열려던 바로 그 순간에 끼어는 건 상공에 떠 있는 거대한 사람의 형상이었다.

갑자기, 예고도 없이 학원의, 아니 왕도의 바로 위에서.

화창하게 갠 하늘에 햇빛보다도 환하게 빛나는 무언가가 출현했다.

그때 왕성에 있던 샤이닝세이버는 순간적으로 검을 뽑는 태세로 이행하려 했지만, 그 행동도 거기까지였다.

왕성뿐만이 아니라, 왕도에 있는 주민 모두가 머리 위를 올려다보고, 그 입을 쩍 벌린다. 그 정도로 눈에 띄는 것이었기 때문이다.

주민도, 여행자도, 모험가도, 기사도, 상인도, 부랑자도, 누구 하나 예외 없이. 머리 위를 올려다보고, 눈을 한껏 크게 뜨고, 경악한 표정으로 그것을 보았다.

그리고 그것과 같은 시각에 나타난 것은 펠스케이로만이 아니라, 오우타로퀘스와 헬슈펠에서도 관측할 수 있었다.

그 밖에도 각지에 점점이 있는 마을 바로 위에도 출현하여, 대륙에 사는 모든 사람의 간담을 서늘하게 했다.

사하라셰드 여왕은 다 쓴 편지를 케나의 소환수인 그린 드래곤에게 주려던 자세로 굳었고, 헬슈펠에서는 케이리나가 국왕과 함께 창밖을 올려다봤으며, 변경 마을에서는 바깥의 이변을 눈치챈 마을 사람들이 집 안에서 차례차례 뛰쳐나왔다.

각지에서 같은 시각에 관측된 그것은.

한 쌍의 하얀 날개를 등에 갖추고, 석판을 한 손에 들고, 현세의 것으로 생각할 수 없는 미모에 미소를 머금은 천사였다.

신성한 후광을 밝히는 천사를 보자마자, 대부분의 사람은 무릎을 꿇고 기도 자세를 취한다.

극히 일부는 예외적으로 그런 행동을 보이지 않았는데, 그 천사가 낯이 익었기 때문이다.

『공지.』

남자인지 여자인지 알 수 없는 그 소리가, 목소리가 천사를 목격한 자들의 뇌리에 울려 퍼진다. 첫 말로부터 시간이 조금 지나서 다음에 나온 말은 대륙 주민들에게 생소한 내용이었다.

『리아데일 운영위원이 플레이어 여러분께 마지막 이벤트를 알립니다.』

케나 일행은 플레이어다 보니 지겨울 정도로 본 것이다.

낭랑하게 울리는 그 목소리만이 그들의 뇌리에 울리고 있다.

엑시즈도 쿠올케도, 코랄도 아크도 당시에 몇 번이고 들어본 적이 있기에, 머리 위를 노려보고 있다. 안절부절못하고 있는 건 마이마이뿐이다.

케나만이 계획이 성공했다는 의기양양한 얼굴의 오푸스를 어이없다는 얼굴로 보고, 어깨를 축 늘어뜨렸다.

시작된 이상 무슨 말을 해도 소용없다는 걸 아니까.

『며칠 내로 폐도 대결계의 봉인을 풀겠습니다.』

나라의 요직에 앉은 자들은 '폐도' 라는 이름에 몸을 움찔 떨었다.

『플레이어 여러분의 사명은 폐도에서 흘러나온 몬스터를 섬멸하는 것입니다.』

먼 하늘 아래에서 코이로그는 하늘을 올려다보며 얼마 전까지 목에 있었던 감촉을 떠올리고, 주먹을 세게 움켜쥔다.

공중 정원에서 완전 무장을 마친 드워프는 자기 몸집보다 거대한 할버드를 한 차례 휘두르고 푸른 하늘을 올려다보았다.

『각자가 임무를 완수하기를, 우리는 기대하고 있습니다. 여러분의 분투에 행운이 있기를 빕니다.』

천사는 다시 한번 같은 말을 반복하고, 공중으로 녹아 사라지듯이 모습을 감췄다.

남겨진 건 불안한 듯이 하늘을 올려다보는 주민들이다.

변경 마을에서는 루카가 록시느의 치마를 붙잡고 눈에 눈물을 그렁그렁 맺은 채 "케나, 엄마……." 하고 중얼거리고 있었다.

——어느 마을에서

"자, 잠깐 여보. 갑자기 옛날 물건을 꺼내서 어쩔 셈이야?"

마을에 하나밖에 없는 도구점의 안주인이, 처음 만났을 때처럼 무장하기 시작한 남편을 보고 목소리를 높였다. 집 어디에 이런 물건이 처박혀 있었는지 모를 전신 갑옷에 대검. 과거에 어찌할 바를 모르는 얼굴로 훌쩍 나타났던 그가 걸치고 있었던 장비다.

어떤 수단을 쓴 것인지, 흠집은커녕 먼지 하나 묻지 않았다.

"아아, 미안해. 잠깐 가봐야 할 것 같아서 말이야."

마치 이웃집에 농기구를 빌리러 가는 것처럼 스스럼없는 태도를 보이는 남편의 등에는 무언가의 결의가 깃들어 있었다.

살림을 차린 지 어언 십수 년. 처음 보는 남편의 태도에 아내는 당황한다.

아니, 막 만났을 무렵, 마을 근처에서 마물이 목격되었을 때 퇴치를 맡았던 옛날의 남편이 저러지 않았던가.

"뭐, 집을 며칠 비워야 하겠지만, 꼭 돌아올 테니까 걱정하지 말라고."

아이를 달래듯이 머리를 슥슥 쓰다듬자, 아내는 기시감을 느끼고 고개를 들었다.

그때처럼, 아이 같은 미소를 띤 전사가 있었다.

얼마간의 시간을 거쳐 수염투성이 아저씨로 변하긴 했지만, 그리워하듯이 번진 눈물을 애써 감춘 아내는 남편의 얼굴에 따귀를 날렸다.

"아얏?!"

"흥! 당신이 없으면 우리 집 장사가 망한다고! 후다닥 돌아오란 말이야!"

"오, 아파라……. 순박했던 그 아가씨는 어디로 갔는지."

"쭝얼쭝얼 떠들지 말고 얼른 끝내고 와!"

"으아아앗! 그럼 잠깐 다녀올게."

밀방망이를 휘두르는 아내에게서 도망치고, 남편은 웃으면서 밖으로 간다.

창문 너머로 손을 살랑살랑 흔든 남편은 품에서 꺼낸 돌(긴급 이벤트용 아이템)을 깼다.

빛의 화살이 되어 남편이 서쪽 하늘로 날아가는 것을 보고, 아내는 손을 모아 기도했다.

점심 무렵 마을 상공에 나타났던 천사와는 관계없는 신에게.

——어느 숲의 입구에서.

"이만 다녀오겠습니다."

"그래, 조심하게나."

겉보기엔 젊은 여자 엘프와 늙은 엘프가 말을 나눈다.

떠나려고 하는 건 가죽 갑옷을 껴입고, 허리에 세검과 짧은 지팡이를 달고 있는 흑발 여성.

배웅하는 건 하얀 수염을 허리까지 드리우고, 비취색 로브에 몸을 감싼 늙은 엘프.

두 사람 모두 끝이 살짝 뾰족한 귀를 가진 하이엘프이다.

이 숲은 그들이 사는 이계인 〈심록의 숲〉으로 유일하게 이어지는 장소다.

"혹시 동족을 만나게 된다면 숲으로 돌아오라고 말해 주지 않겠나?"

"그 사람의 고집에 달렸겠죠. 그래도 일단 말은 해보겠지만, 한 명도 오지 않았다고 해서 원망하지는 말아주세요."

"그건 어쩔 수 없지. 다음 기회에라도……."

"너무 집요하면 미움받아요."

할아버지와 딸 같은 대화를 즐기고, 늙은 하이엘프는 웃으면서 등을 돌렸다. 그리고 【숲이여 열려라(포레스트 노커)】를 사용해 열린 문 너머로 사라진다.

"하아, 거참. 나오면 나온 대로 할 일이 많아져."

이를 배웅한 하이엘프 여성은 지겹다는 듯이 중얼거리고, 품에서 돌을 꺼내 깬다.

그리고 순식간에 그 몸이 빛의 화살로 바뀌고, 포물선을 그리며 하늘을 날아갔다.

——헬슈펠의 서쪽에서

"아, 자네, 잠깐만 그거 멈춰-!"

"응?"

기사단장과 케이리나에게 허가를 받고, 코이로그는 임무에서 벗어나 마을 밖으로 나간다.

하늘에 떠 있는 천사를 보고 골똘히 생각에 잠긴 표정을 들켰던 것인지, 갑작스럽고 의미를 모를 부탁은 간단히 통과되었다.

서문에서 떨어진 가도에서 꺼낸 돌을 쥔 순간에 목소리가 들려왔다.

뒤돌아보니 한 손을 들고 달려오는 건 워캣 소년이었다.

그 종족에게는 드문 금속 갑옷을 두껍게 껴입고, 철그렁철그렁 소리를 내며 다가온다.

"하아, 동지를 만나서 다행이야. 너, 플레이어 맞지?"

"그래, 코이로그다. 그걸 물어보는 걸 보면 너도?"

"응응, 나는 히루네루. 긴급용 전이 아이템이 다 떨어져서 말이야. 같이 데려가주면 좋겠어."

"알았어. 파티 등록 요청을 이쪽에서 보낼게. 확인해 줘."

"고마워."

쌍방이 자신의 윈도우를 열고, 파티 등록을 마친다.

그것을 확실히 확인하고 나서 히루네루는 "휴." 하고 한숨 내쉬었다.

"갑작스러운 운영진 호출로 긴급 미션이라니, 깜짝 놀랐어. 아직 이쪽에도 운영할 수 있는 사람이 남아 있었구나-."

운영진이라는 말을 들은 코이로그에게 짚이는 해당자는 한 명뿐이다.

틀리지는 않았지만, 평범한 플레이어였던 코이로그에게 있어 GM 권한 소유자=운영 관계자라는 인식이다.

만난 건 한 명뿐이지만, 그 언동에서는 추가로 한 명이 확실하게 있다고 확신할 수 있었다.

"GM 권한을 가신 녀석이라면 한 명 알고 있어."

"어어? 진짜?! 〈크림치즈〉 길드 멤버 같은 게 이쪽에 있다니 금시초문이야. 코이로그는 만나본 적 있어?"

"마녀……려나."

"풉?! 용케 무사했네……."

코이로그나 히루네루 같은 일반적 중견~초보 플레이어에게 있어서 폐인 플레이어 중에서도 별명으로 불리는 자들은 위험성이 있는 폭발물 같은 것이다.

정면에서 싸운 끝에 분수를 파악하고 죽을 뻔했다는 말은 차마 할 수 없어서, 떨떠름하게 웃으며 "그, 그래. 뭐, 그렇지……." 하고 말을 얼버무리는 코이로그.

그 표정에서 무언가를 이해한 듯한 히루네루는 "힘내."라며 어깨를 두드려 위로해 주었다.

처음으로 동향 사람에게 마음고생을 위로받은 코이로그는 조금 눈물을 글썽이며 돌을 깼다.

——현장.

오푸스가 진지로 정한 곳은 펠스케이로에서 뻗어 나오는 가도와 대륙 해안선을 남북으로 잇는 외곽 통상로가 교차하는 장소였다.

그리고 길가에 끝부분이 파라볼라 안테나로 된 철탑을 설치했다.

이것이 게임 시절의 긴급 미션용 전이석의 수신 안테나이다.

덧붙이자면 마이마이는 같이 참가하고 싶어 했지만, 플레이어의 행사라는 것과 사망할 가능성도 있다는 이유로 두고 왔다.

아크는 플레이어 입장이기는 하지만, 레어 무기 때문에 다른 플레이어와 얼굴을 마주치는 것을 꺼렸기 때문에 참가를 보류했다.

본인에게 다소의 죄책감은 있었던 듯하지만, (누나를 너무 아끼는) 엑시즈가 "누님 몫까지 내가 하면 되는 거잖아!" 라고 역설하며 강제로 두고 왔다고도 할 수 있다.

"이거, 플레이어 사이에 섞여 있던 운영진의 끄나풀 같은 사람이 세웠던 거네."

"나 말고도 몇 명인가 있었으니까."

철탑을 올려다본 케나의 중얼거림은, 사정을 아는 모두의 의견이었다.

잠시 후 그곳으로 남쪽이나 동쪽, 북쪽에서 몇 줄기의 빛이 날아와, 철탑 근처에 플레이어 몇 명이 내려선다.

이미 가장 먼저 날아온 자가 현장을 통솔하고, 몇몇이 속속 나타난 플레이어에게 말을 걸어서 레벨대나 전위와 후위별로 임시 파티를 짜게 하고 있다.

이 일사불란한 행동은 당시와 변함이 없다.

플레이어가 몇 명인가 모이면 반드시 그런 재능을 발휘하는 자가 있기 때문이다.

현재 이곳에 참가한 플레이어는 파티별로 나뉘지만, 레이드 링크라는 기능으로 이어져 있다.

누군가 한 명이 범위 방어 마법을 사용하면 모두가 그 혜택을 볼 수 있는 사양이다.

그만큼 MP를 추가로 소비하지만.

“그래도 아직 30명 남짓인가…….”

“이거 포위전은 무리겠군. 주위를 봉쇄한 채로 돌격, 유린하는 게 고작이겠지.”

‘작전 본부’ 라고 적힌 널빤지를 입에 물고 있는 건 5층 건물만 한 화이트 드래곤이다. 그 아래에서는 케나와 오푸스 말고도 두 명의 플레이어가 머리를 맞대고 있었다.

화이트 드래곤 자체는 사전에 케나가 불렀다.

일단 무슨 일이 있을 때를 대비해 오푸스와 케나가 990레벨의 7속성 드래곤을 준비했다.

전령으로써 오우타로퀘스로 보냈던 그린 드래곤은 여왕 사하라세드의 편지를 챙겨서 돌아왔다.

그것을 일단 귀환시키고, 다시 최대 레벨로 소환해 두었다.

각 드래곤도 나름대로 뛰어난 지원 전문가이기 때문에, 여러모로 유용하다.

화이트 드래곤은 전체 회복 마법의 전문가이고, 블랙 드래곤과 레드 드래곤은 전체 공격에 뛰어나다.

블루 드래곤은 지상에서 잘 움직일 수 없지만, 물을 불러 광범위를 휩쓰는 해일 스킬을 쓸 수 있다.

브라운 드래곤은 지상에서 어떤 험로라도 주행할 수 있고, 방어 면에선 드래곤 중 최고다.

그린 드래곤은 날개가 거대해서 비행이 특기다. 반대로 지상에서의 움직임은 둔하지만, 바람을 사용한 보조 마법은 다방면에 걸친다.

바이올렛 드래곤은 뿔과 꼬리와 작은 날개를 갖춘, 겉보기엔 거대한 보라색 개구리다. 하지만 그 입에서 뿜는 브레스는 다양한 상태이상을 일으키는 독으로, 적을 고통스럽게 할 것이다.

솔로로 행동할 때는 흑백 두 종류만 있어도, 상당한 전과를 올릴 수 있는 포진이었다.

게다가 지금의 두 사람이라면 시간이나 제한에 얽매이지 않고 소환수를 유지할 수 있는 이점도 있다.

"한계 돌파자가 있어 줘서 조금은 도움이 되는군."

"그나저나 당신들이 있는 것을 봤을 때는 수명이 줄어드는 줄 알았습니다."

붉은 전신 갑옷을 껴입은 인간족 아저씨 플레이어가 예거.

과거 적국 소속의, 게임 내에서 거물이었던 〈은시계〉 길드를 이끌었던 인물이다.

그 길드의 소속 인원은 리아데일에서도 최대 규모인 2000명

이상이라고 하며, 집단전이 필요한 미션 퀘스트나 스토리 퀘스트 공략조의 선봉에 섰다.

기본 포지션은 완전 전위의 800레벨대이다.

로브를 껴입고 지팡이를 든 푸른 드래고이드가 슈피라르.

보조를 특기로 하는 후위직으로, 이쪽도 800레벨이다.

전위에 유망한 종족을 선택했으면서도 후위 전문으로 특화한 별종이며, 비슷한 괴짜 플레이어(도서관 탐험 전문 사서직이나 땅파기에 게임 인생을 거는 드워프나 절벽 서식자 등)로 구성된 길드 〈고문서 골목길〉의 리더이기도 하다.

괴짜들의 모임으로 구축되는 정보망은, 게임 내에서도 코어한 소재를 다루는 전문가였다.

"문제는 안에 뭐가 있느냐는 거지?"

"엉? 마계 선계가 이쪽에 섞여 있는 것도 아니니까, 높아 봤자 600레벨 정도겠지."

"아뇨~. 대륙에서도 최상급이라면 '마왕의 후예' 같은 게 있다고요~. 그게 있으면 웃을 일이 아닌데……."

"오오, 흑국 지하에 있던 녀석인가. 질색하는 걸 보니 싸워본 적이 있는 건가? 금시초문인데."

"아, 들어본 적 있다. 지하 미궁의 주인이란 녀석이지?"

"900레벨 정도일 때 나와 에베로페 씨랑 메슈마우트, 타르타로스랑 와라반시에 산짱이 가서 전멸했어. 일단 이겼다고 할 수는 있을지도 모르지만."

"그 레벨에 전멸했다면 다른 플레이어는 어쩔 수 없는데요."

"뭐야, 그게?"

흥미를 보이던 슈피라르는 '전멸' 이라는 말을 듣고 얼굴을 굳힌다.

팔짱을 낀 예거가 "동귀어진해서 전멸한 건가?" 라고 묻지만, 고개를 저은 케나는 어두운 표정으로 고개를 숙였다.

"전멸할 것 같아서 최후의 수단을 썼어."

"호오, 그걸 썼나. 그건 확실히……."

혼자서 납득하고 고개를 연신 끄덕이는 오푸스에게 의문의 시선이 집중된다.

그것을 본 오푸스는 시원시원한 얼굴로 케나에게 눈짓을 줘서 내용을 말해도 좋을지를 묻는다. 그것에 간단히 케나가 고개를 끄덕였기에 대신 해설을 넣었다.

"【엑스트라 스킬 : 자폭】이지."

""자폭?!""

그런 건 처음 들어 본다는 듯이 놀라는 예거.

알고는 있었지만, 습득하려면 필요한 스킬이 엄청나게 다방면에 걸치는 바람에 필요성을 느끼지 못했던 슈피라르.

【자폭】이란 수많은 광범위 공격 스킬 중에서도 최대급 위력을 자랑하지만, 그것도 사용하는 자의 스테이터스에 따라 달라지는 데다 편의성이 떨어진다.

위력은 【다음 레벨업에 필요한 보유 경험치 × (시전자의 레

벨+남은 HP+MP)】로 산출되므로, 고레벨인 케나가 사용하면 성공 보증수표다.

단점은 시전자의 사망에 더해 레벨 다운. 그리고 효과가 무차별이라 빈사의 파티 멤버도 케나가 죽이는 꼴이 되는 까닭에 결국 모두가 무덤 부활을 하는 것이다.

게다가 공격 범위가 시전자 레벨에 맞춘 지름의 돔 형태였기 때문에, 던전 바로 위에 있는 흑국 수도에 체류하고 있던 플레이어 대부분이 휘말려 사망했다.

그 사건에 관해서 토벌 멤버가 입을 꾹 다물고 있었기에, 이 '흑국 왕도 돌연사 사건' 은 리아데일 7대 불가사의 중 하나가 되었다.

멤버 이외에 이 사건의 배경을 알고 있었던 건, 운영진뿐이다.

"그건 이벤트 몬스터가 아닌 고정 몬스터니까, 여기엔 없……을 것 같다."

이런 자리에서 '내가 모았으니까…….' 라고 밝힐 수는 없어서, 추측만 말하는 선에서 그치는 오푸스.

실제로 그 자신도 여기에 얼마나 많은 이벤트 몬스터를 긁어모았는지 파악하지 못하고 있다.

왜냐하면 미리 이벤트 몬스터 발생 지점에 마커를 설치하고, 발생하든 말든 상관없이 전부를 폐도와 연결했기 때문이다.

그 뒤로는 소환수에게 통째로 떠넘겼을 뿐이니, 안에서 몬스터가 어떤 생태계를 이루고 있는지는 미지수였다.

그 사실을 대놓고 말할 수 없는 오푸스의 속내는 아랑곳없이 이야기가 진행된다.

"다들 날아온 시기가 제각각이니까, 얼마간 나이를 먹고 여기에 순응해 버리면 싸우기도 어려울 거다."

감회가 깊다는 듯이 말하는 예거에게, 주위에서 이야기를 듣고 있던 플레이어 중 몇 명이 동의하듯이 고개를 끄덕였다.

모인 사람들 중에는 이쪽 세계에서 지내는 선배 플레이어를 만난 자가 있어서 같이 가자고 권했지만, '미련이 생겨서 무리.'라고 거절당했다고 한다.

확실히 루카를 남겨둔다고 생각하면 케나도 심정적으로는 이해하지 못할 일도 아니다.

그 예거조차도 기다리는 자가 있다고 하니, 그 점은 역시 개인적 동기 부여의 차이일 것이다.

"나는 그거다. 많은 사람을 돌보는 데는 익숙하니까, 학생회장이라고 생각하면 마음이 편해."

"한없이 학교의 잡무 포지션이잖아요. 싫은데요."

"부하들은 우수했으니까. 어느 정도 지령을 내리면 뒷수습은 부길마들이 해줬고."

"떠넘기는 것에도 정도가 있지."

"어~이. 일단 보고하러 왔어."

"수고했어, 엑시즈."

그곳으로 다소 너저분해진 엑시즈가 찾아왔다.

소규모 파티를 짜서 입구를 감시하고 있었던 것이다.

현재의 폐도는 이미 아젠트가 소멸한 상태다.

【장벽】의 바깥쪽에 케나가 【차단 결계】를 친 후, 오푸스가 소환 상태를 해제했기 때문이다.

도시 정면에만 출입구를 설치한 상태로, 그곳에서 튀어나오는 몬스터를 퇴치하는 일을 맡기고 있다.

"상황은 어때?"

"사람이 늘어서 다소 여유가 생겼다. 하지만 케나가 말했던 계통의, 공룡이나 마도사형 몬스터는 아직 보지 못했어. 대체로 200~300 레벨 정도의 일반 퀘스트 몬스터뿐이다. 게다가 한꺼번에 뭉쳐 오는 게 아니라, 산발적으로 드문드문."

감당할 수 있는 몬스터라면 먼저 해치워서 나중에 늘어날 것을 줄이는 셈법이다.

현재 이곳에 있는 플레이어는 모두 레이드 링크 상태이므로 다소의 비율 변동은 있지만, 누군가가 몬스터를 해치우면 모두에게 소량이나마 경험치가 들어가는 구조였다.

전면에 나서는 자와 나서지 않는 자의 차이는 생기므로 불만을 제기하는 사람은 있을 것이다.

참가한 플레이어는 이야기를 듣고, 실력에 자신 있는 자는 그쪽으로 돌리도록 했다.

소생 마법 사용자가 대기하고는 있지만, 이끄는 엑시즈에게는 '실제 사용은 확인하지 못했으므로 무리하지 말 것.' 이라고 통

달하게끔 했다.

그 자리에 모여 있던 사람 중 전선에 가담하고 싶은 희망자를 데리고, 엑시즈는 왔던 길로 되돌아간다.

인원을 반으로 나누어 완벽한 태세로 입구를 봉쇄하기 위해서다.

"그쪽의 공명 나리는 이런 게 전문이겠지?"

"아, 무리무리. 기본적으로 오푸스는 잠복과 함정. 그리고 속임수가 상투 수단이라서. 과금 아이템도 없으니까 어느 쪽 전법도 쓰기 어렵고. 파티 전투는 우리 길드의 기본 '레벨만 믿고 융단 폭격' 이었으니까, 그걸 전략이라고 해도 될는지."

터무니없는 사실을 까발리는 케나에게, 예거와 슈피라르는 한숨을 쉬었다.

게임 중에도 전쟁 시기를 제외하면 교류도 평범했던 두 사람에게 파티를 짜면 후위를 두세 명 준비하지 않아도 단독으로 해결되는 케나의 존재는 상당한 만능 해결사였다.

그것이 공격 일변도로 기울면 극단적인 방향으로 기운다. 게다가 길드 전원이 일치단결하면 그곳에는 이제 파괴력 특화 집단일 뿐이다.

두 사람의 심상은 '뻔히 아는 사실을 새삼 들어도…….' 이다.

〈리아데일의 공명〉으로 불렸던 오푸스에게 기대한 건 사실이지만, 전쟁 전후에는 모습을 감추고 책략을 짜고 있는 듯한 인물이다.

그가 능청맞은 얼굴로 여기 있다는 것을 고려하면 별로 기대할 수 없다고, 이해는 하고 있었다.

"음. 이건 뭐 그냥 평범한 돌격전이군. 대처는 상대 레벨대에 맞춰서 파티를 재편성하는 걸까?"

"중견 레벨은 전위에 치우쳐 있는데 말이죠. 그래선 후위의 질이 한 단계 떨어지겠죠."

"그보다 후위직이 적다고 할까. 너무 적어."

"후기에는 전위로 전향하는 쪽으로 바람이 불었으니까 말이다. 다소 편리한 아이템이 나오기도 했고."

"누구야, 수류탄 같은 걸 들여온 녀석은. 무조건 다른 게임의 첩자일 거다."

예거는 리아데일과는 별개로 전개되고 있었던 근미래 포스트 아포칼립스 로봇 게임을 들먹이며 불평을 늘어놓았다.

슈피라르가 현재의 파티 링크 상태를 창으로 띄우고, 예거와 분담하여 각 플레이어에게 재편성 지시를 내린다.

현재 사령부는 여기 있는 네 사람이 맡는 형태지만, 오푸스와 케나는 어느 장면에서든 임기응변으로 대처할 수 있으므로 전체의 후위 포지션이다.

최전선에 세워 버리면 끝나는 이야기지만, 다른 플레이어가 '공적을 빼앗긴다' 며 난색을 드러내는 바람에 후위로 돌려지게 되었다.

전위 사령탑을 예거와 슈피라르가 맡고, 후위 사령탑을 오푸스가 맡기로 매듭을 지었다.

"케나는 어떻게 할 거지?"

"어? 물론 모두의 뒤에서 버프를 마구 날릴 거야."

"다 알겠지만, 아군 공격 제약이 없으니까요. 광범위 마법으로 아군을 통째로 날려버리지 마시죠."

"슈피라르 씨는 저를 뭐라고 생각하시는 건가요?"

"파괴의 화신이려나요."

"……."

케나는 풀이 죽어 입을 다물었지만, 주위는 대폭소다.

몇 명인가는 케나의 분노를 뒤집어쓸까 두려워 슬금슬금 멀어졌지만.

일반 플레이어(?)가 앞에 서고 싶어 하는 이유는 게임 시절의 몬스터 레벨 때문이다.

몇몇 특수 지역을 제외하면 몬스터의 레벨 상한이 600이었기 때문이다.

물론 몇몇 퀘스트에도 예외는 존재했지만, 그 경우에는 악덕 관리와 결탁한 깡패처럼 전면에 나서면 된다.

"아아아아아아앗!?!!"

갑자기 터져 나온 절규에, 주위에 있던 플레이어들이 무슨 일인가 하고 소리가 들린 곳을 돌아본다.

수신 안테나 아래, 방금 막 내려선 흑발 하이엘프 여성이 케나를 손으로 가리키며 경악하는 외침을 지르고 있었다.

케나에게는 낯익은 인물이다.

"어라……."

"호오"

그 얼굴에 짚이는 데가 있었던 건 오푸스도 마찬가지다.

케나의 얼굴에는 미소가 번지고, 오푸스는 무표정으로 변한다.

대시해서 케나에게 달려들려던 흑발 하이엘프 여성은, 순간적으로 끼어든 오푸스가 발을 걸어 넘어뜨리는 바람에, 케나의 앞 땅바닥에 얼굴이 닿도록 철퍼덕 넘어졌다.

한순간의 침묵이 그 자리에 깔린다.

어떤 자는 오푸스의 흉행에 얼굴을 굳히고, 어떤 자는 쓰러져 꿈쩍도 하지 않는 여성을 걱정하며, 그리고 가해자는 배를 잡고 폭소하고 있었다.

몇 초 후에 벌떡 얼굴을 든 여성은 슬픔과 기쁨이 섞인 얼굴로 눈물을 줄줄 흘리고 있었다.

"언니이이이~."

"잠깐 괜찮아, 사하나? 오푸스도 매번 그러지 말래도……."

주위에서 오푸스의 행위에 비난이 쏟아진다.

어떤 사람은 "매번 했던 거냐."하며 어이없어했고, 케나가 손을 잡아 일으켜 세운 사하나에게 동정하는 시선을 보냈다.

흙먼지를 털고 케나와 마주 선 사하나는 눈물을 닦고 와락 끌어안았다.

옆에서 보면 자매의 재회극 같다. 친자매는 아니고, 겉으로 보면 사하나가 연상 같지만.

"슈피라르 씨. 강력한 후위 도우미가 왔어요."

"하이엘프 커뮤니티의 멤버인가. 이걸로 조금은 충실해지겠군."

끌어안긴 케나가 슈피라르와 말을 나눈다.

이 여성은 과거 하이엘프 커뮤니티의 일원으로, 이름은 사하나라고 한다.

키가 큰 검은 머리, 검은 눈의 하이엘프로 버프 전문가. 커뮤니티 내에서도 부담스러울 정도의 케나 지상주의파이며, 850레벨의 강자이기도 하다.

게임 절정기 시점에서는 멤버 여섯 명이 800레벨 평균이라는, 게임 내에서도 굴지의 실력을 보유한 유력한 후위 집단이었다.

후위밖에 없는 멤버로 이만큼 위험한 것도 전대미문이다.

잠시 기다린 다음 슈피라르가 사하나에게 이러저러하게 현재의 파티 비율을 설명하고, 쾌히 전위 측 지원 역할을 맡겠다는 승낙을 얻을 수 있었다.

맥이 빠질 정도로 간단하게.

"거참, 두말없이 받아줄 줄은 몰랐는데."

"언니를 번거롭게 할 수는 없어요! 제가 온 힘을 다해 전체를 돌보겠어요!"

"과장해서 말하는 게 아니니까, 질이 나쁘단 말이지."

“흥분해서 뒤에서 공격 마법을 날리지나 말라고.”

“어머. 제가 언니 얼굴에 먹칠을 할 리가 없잖아요.”

“쓸데없이 반짝 빛나지 마! 자매가 나란히 장난 스킬 쓰지 말라고!”

기합이 맹렬하게 들어간 그 모습에 주위 플레이어가 질겁할 정도다.

“뭐, 뭐어, 무조건 무사하다는 보장은 없으니까 조심해. 조금이라도 고생할 것 같으면 전위를 통째로 날려도 괜찮으니까.”

“네! 그럴게요, 언니!”

“괜찮은 건가, 이 녀석…….”

오푸스의 중얼거림에 ‘네가 할 소리냐.’ 라고 말하는 살의의 시선이 되돌아온다.

아무래도 케나를 만난 기쁨에 들뜬 건 아닌 듯하다고, 오푸스는 한숨 돌린다.

그곳으로 사이렌이 다가와 공손하게 인사한다.

“일단 이번에는 이분들이 마지막인 듯합니다.”

“응, 수고했다.”

“어, 어라?”

사이렌을 따라서 온 네 명 중 한 사람, 기사 갑옷으로 장비를 갖춘 마인족을 보고 눈을 크게 뜨는 케나.

그와 동행하고 있던 중무장 워캣은 슈피라르에게 “리~더~!” 하고 달려가고, “벗이여~.”하고 포옹을 나누고 있었다.

"아아, 왔구나. 기사단에 구속된 상태라 나올 수 없을 줄 알았는데?"

"여기서 죽을 생각은 없어. 아직 해야 할 일이 있으니까……."

비통한 표정으로 중얼거리는 코이로그의 이마에 케나가 딱밤을 날린다.

그리고 뭔가 친근해 보이는 관계에 사하나가 코이로그를 노려본다.

코이로그는 마인족이지만, 오푸스는 전혀 관심이 없어 보였다.

다른 인간족과 드래고이드는 "우리한테는 인사도 없는 거냐." 하고 토라져 있었다.

"코랄은 알겠지만, 샤이닝세이버는 괜찮은 거야?"

"나는 괜찮은 거냐. 동료들을 설득하기 진짜 힘들었다고."

"일단 왕에게는 허가를 받았고, 부단장이 우수하니까 방어전 정도라면 문제없겠지. 게다가 너희는 폐도에서 녀석들을 내보낼 생각이 없는 거겠지?"

케나에게 물었지만, 주위 플레이어들이 "당연하지!" 라고 저마다 대답하는 바람에 고개를 끄덕이는 샤이닝세이버.

규칙은 없는 거나 마찬가지지만, 녀석들을 전멸시키는 것이 퀘스트의 달성 조건이다.

이쪽으로 날아와서 이쪽에서 지낸 플레이어들은, 세 자릿수 레벨의 몬스터가 들판에 풀려나는 것이 어떤 비극을 가져오는지 잘 이해하고 있었다.

같은 뜻이라는 사실이 기쁜 것이리라.

어쨌든 여기를 돌파당하면, 펠스케이로가 가장 먼저 파도에 휩쓸릴 위치에 있나.

"자, 슬슬 섬멸전 퀘스트를 개시해 보실까."

레이드 채팅에서 예거가 외치자, 여기저기서 함성이 터져 나온다.

채팅에서도 들려오므로, 이 순간만이 이상하게 소란스럽다.

그럼에도 조금 그리운 상황에 케나의 흥분이 고조되어 간다.

문득 '오푸스도 이 감정을 공유할 수 있을까?' 하고 옆을 슬쩍 보니, 수신 안테나를 보면서 연신 고개를 갸웃거리고 있었다.

"왜 그래?"

"아니, 은귀가 안 와서 말이다."

그러고 보니, 하고 케나는 은귀도 이쪽에 있었다는 것을 떠올린다.

이전에 엑시즈가 대면했을 때의 이야기로는 '접촉을 피하고 싶다' 고 하니까, 사람마다 사정이 있을 거라며 납득했다.

"그러면 폐도 섬멸전을 개시하도록 하지. 이쪽의 패배 조건은 케나가 쓰러지는 것이다. 그 몸에 무슨 일이 생기면 너희는 일반인 이하로 떨어져 스킬도 쓸 수 없게 된다는 것을 알아라."

"""어어어어어어어어어어어어어?!"""

개시 선언과 동시에 암운이 드리우는 플레이어 진영이었다.

"갑자기 폭탄을 투하하고, 갑자기 개시 선언을 하지 마!"

“그렇습니다. 아직 보수 이야기도 하지 않았습니다.”

“““맞아, 슈피라르 씨, 말해, 말해!”””

보수 부분에서 다른 플레이어들이, 슈피라르를 엄호한다.

다들 물욕이 앞선 듯, 처음에 딴지를 걸었던 예거는 머리를 감싸고 있었다.

“먼저 문제 삼아야 할 것이 있을 텐데…….”

힐끗 문제의 발단인 케나 쪽으로 시선을 돌리니, 울상이 된 사하나에게 매달려 있었다.

“언니가 죽어버린다는 게 무슨 말이에요?!”

“아니, 안 죽으니까 진정해.”

“언니에게 해를 끼치는 자가 있다면, 그 녀석을 죽이고 저도 죽을래요~!”

“아니아니아니아니! 나한테 싸움을 거는 플레이어도 좀처럼 없잖아.”

훌쩍훌쩍 울면서 지리멸렬한 소리를 하는 사하나에게 곤란해하고 있자, 훌쩍 모습을 드러낸 쿠가 갑자기 사하나의 이마를 걷어찼다.

“꺄삑?!”

“쿠?!”

도저히 여자가 낼 만한 것이 아닌 비명과 함께 사하나가 쓰러진다.

그러고 보니 전에 쿠에게 걷어차인 누군가가, 터무니없는 비명을 질렀던 것을 떠올린다.

쿠의 발차기는 플레이어에게 엄청난 고통을 주는 듯하다.

스스로 시스템을 만져서 그런 효과를 내고 있는지도 모른다.

일단 사하나의 스테이터스를 【서치】해서, 상태이상이 기절로 된 것을 확인했다.

"휴." 하고 가슴을 쓸어내리고 주위를 둘러보니, 거의 모두가 눈을 동그랗게 뜨고 굳어 있었다.

"어라?"

그중에서 "아, 역시나." 하고 쓴웃음을 짓고 있는 건, 코랄과 샤이닝세이버다.

코랄이 까딱까딱 손가락으로 가리키는 곳에 쿠가 있어서, 케나도 겨우 그 원인을 판명했다.

플레이어에게도 요정이 상당히 드문 거겠지.

게임 중에는 거의 잡몹 같은 존재였으니까. 그런 생각을 떠올리고 나서, 모두에게 쿠를 소개하기로 했다.

"얘는 요정 쿠. 겉보기와는 달리 엄청나게 흉포하니까, 건드릴 거면 먼저 유서를 써."

요정의 존재에 희망을 품었던 몇몇 플레이어의 표정이 밝아졌다가 케나의 험악한 말투에 안색이 확 나빠진다.

그렇게 안색이 휙휙 바뀌는 플레이어와는 별개로, 위쪽으로 시선을 돌린 슈피라르가 "뭔가 떨어집니다!" 하고 주위 사람들에게 경계를 촉구했다.

훅, 훅, 하고 무언가의 둥근 그림자가 플레이어들을 덮듯이 햇빛을 가리고, 올려다본 누군가가 "낙하산인가?" 하고 중얼거린다.

"어? 위에서 습격?"

"몬스터냐?"

"그놈들에게 그런 지능이 있었나?"

"악마라든가 흡혈귀라면 할 것 같지만."

"그 녀석들은 평범하게 하늘 날잖아!"

그렇게 탈선한 대화가 오가는 가운데, 20명 가까운 사람들이 낙하 도중에 낙하산을 없애고 차례차례 착지한다. 모두가 소녀나 젊은 여성들이었다.

눈빛을 바꾸며 "오오!" 라든가 감탄하는 남자들에게 모멸의 시선을 보내는 자도 있었다.

플레이어들과 그다지 다르지 않게 무장하고 있는 것이 눈에 들어온다.

마지막으로 작업복 차림의 땅딸막한 노인이 착지를 마치고, 그 모습을 본 몇몇 플레이어 사이에서 "아!" 하는 목소리가 터져 나왔다.

"""은귀!"""

"할아버지?!"

"오랜만이구나, 케나."

오른손을 휙 흔들며 멋지게 나타난 건 스킬 마스터 No.12인

은귀다.

함께 위에서 내려온 건, 그 여동생들 총 20명.

양자 캐릭터는 긴급 이벤트용 집합 아이템을 사용할 수 없다는 이유로, 어쩔 수 없이 상공에서 하늘을 나는 섬인 수호자의 탑을 이동시키고, 거기서 낙하산으로 내려왔다고 한다.

"20명이나 남아 있었냐!"

"전성기의 108명보다는 상당히 줄었지만, 다들 500레벨 전후라서 도움이 될 게야."

"용케도 그만한 인원을 500까지 키웠구먼……. 여동생 마니아도 정도가 있지."

108명의 여동생 전설을 들어본 적 있는 플레이어는, 뺨을 실룩거리며 "아아, 그……."하고 어이없다는 듯이 중얼거릴 뿐이었다.

케나의 앞에는 은귀의 여동생들 사이에서 재빨리 빠져나온 마인족 소녀 한 명이 초롱초롱 빛나는 눈으로 올려다보고 있었다.

잘 모르는 사이에 선망의 대상이 되어 곤혹스러운 케나. 소녀의 건너편에 기쁜 듯이 꼬리를 흔드는 강아지의 환영이 보인다면 더욱 그렇다.

"아아, 그 아이는 유니오예요. 케나 님을 좋아한답니다."

"네?"

여동생 집단의 리더 격인 루페이시라는 엘프 여성이 간결하게 설명해도 영문을 모르겠다.

은귀의 54번째 여동생인 마인족 유니오는, 양자 캐릭터로 작성한 플레이버 텍스트에 '케나를 동경한다' 고 적혀버렸기 때문이라고 한다.

"어째서 그런 걸 덧붙인 거야, 할아버지?"

"도중에 쓸 내용이 다 떨어졌으니 말일세."

절절하게 말해도, 이걸 어떻게 대처하라는 건지.

시험 삼아 손을 뻗어 유니오의 머리를 슥삭슥삭 쓰다듬어 주자, 달려들어서 케나의 배에 얼굴을 대고 기뻐했다.

그걸 본 사하나가 충격을 받고 "아아아아앗!" 하고 소리친 건 당연한 일이다.

"플레이버 텍스트까지 현실에 적용된 거냐……."

"아차, 나도 뭔가 이상한 걸 적은 기분이 드는데?!"

처음부터 끝까지 목격한 몇몇 플레이어가 플레이버 텍스트의 사정을 듣고 전율하는데, 일단 은귀의 여동생들은 후방 지원으로 배치되었다.

예거는 전력으로서 전면에 내세우고 싶어 했지만, 양자 캐릭터인 것을 고려해서 후방으로 보냈다.

참고로 은귀의 레벨은 800이나 되므로, 무조건 최전선 배치 고정이다.

"플레이어라면 소생 마법이 잘 걸리지만……. 양자 캐릭터나 현지인은 성공 확률이 영 좋지 않으니까요."

이렇게 중얼거린 사람은 슈피라르다.

“어? 슈피라르 씨는 이쪽에서 소생 마법을 쓴 적이 있어요?”

“그래. 몇 번 말이죠. 게임과 다르게 사용하려면 엄청나게 큰 제약이 걸리더군요.”

“어어? 그게 뭔데요?”

케나는 자세히 물어보고 싶었지만, 지금은 이벤트 직전이므로 자세한 이야기는 나중에 한꺼번에 하기로 했다.

“좌우지간 아까 들은 패배 조건에 관해서는 나중에 망할 오푸스 자식에게 자세히 알아내기로 하고. 우리 승리 조건과 보수는 없어?”

코랄이 그렇게 말하자, 몇몇 플레이어가 생각이 난 듯 손바닥을 탁 쳤다.

게임 중 긴급 퀘스트의 보수는 보너스 경험치나 사소한 보너스 효과를 가진 코스프레 의상 아이템, 금전 중에서 참가 플레이어가 선택했다.

그래서 주최자인 오푸스도 이마에 주름을 잡고 “음음음.”하고 생각에 잠긴다. 아무래도 거기까지는 생각하지 못했던 듯하다.

그제야 뒤늦게 플레이어들도 웅성거리기 시작한다.

“그러고 보니 공시 전사가 나왔다는 건 GM이 있다는 거지?”

“한계 돌파자 녀석들은 GM 권한 소유자 아니었나?”

“권한 소유자일 뿐이잖아. 운영 관계자가 있는 거 아니야?”

“아, 있었지, 있었지, GM 말이야. 나도 본 적 있어. 온몸이 붉은 기사였는데.”

"그런가? 내가 본 적 있는 건 유령 같은 녀석이었는데."

"자자, 조용!"

케나는 은귀와 오푸스에게 의미심장한 시선을 보내고는 싱긋 웃었다.

음성 확대 마법을 사용해 손뼉 치는 소리를 울려 퍼지게 하고, 모두를 조용히 시킨다.

그리고 플레이어들의 의아한 시선이 모인 것을 가늠하고 씩 웃는다.

케나를 잘 아는 몇몇이 위험을 느끼고 슥 물러섰다.

그런 광경을 보니 다른 플레이어들도 위기감을 느끼고 경계한다. 하지만 그 반응을 싹 무시하고, 케나는 모두에게 보수를 제시했다.

"이번 퀘스트의 보수는…… 스킬 마스터가 스킬을 두 개 선물합니다!"

"……."

"""우오오오오오오오오오오오오!!"""

한순간의 정적 후, 노도와 같은 함성이 울려 퍼졌다.

"어이! 스킬 마스터! 통 크다!"

"염원하던 그것을 손에 넣었다!"

"됐다, 결국 마지막 날에 그걸 못 얻었던 게 미련으로 남았었단 말이지."

"자폭은 남자의 로망!"

"정신 차려, 그건 사망 플래그다."

"으음, 지금 생활에선 딱히 필요성도 없네."

"일단 일상에서 쓸 만한 걸 받으면 되지 않아?"라며, 단숨에 소란스러워진다.

"그런 거니까, 할아버지랑 오푸스도 잘 부탁해?"

"그렇군. 은귀는 그걸로 괜찮은가?"

"아아, 그런 의미인가. 스킬 마스터의 마지막 역할이라고 생각하면, 뭐 괜찮네."

은귀가 승낙하자, 플레이어들이 순식간에 활기를 띤다.

"좋아, 얘들아! 승리 조건은 녀석들의 섬멸! 이쪽의 패배 조건은【은색 고리의 마녀】가 당하는 것이다! 기합 넣고 가자-!"

"""오오오오오오오오오오옷!!"""

예거가 목청껏 다시 승리 조건과 패배 조건을 말하자 플레이어들로부터 함성이 터져 나왔다.

"어수선한 틈에 이명으로 말하지 마."

"그게 더 알기 쉽고 좋잖아."

슈피라르의 호령으로 섬멸전 퀘스트 준비에 착수한다.

그 지시에 따라 돌입조와 전체 엄호조로 모든 플레이어가 배분되었다.

그 내역은 돌입조에 결계를 감시하고 있던 엑시즈 등을 더해 30명 남짓, 엄호조가 40명 이상이다.

"엄호가 더 많다니 전대미문이겠군."

"양자 캐릭터가 많으니 어쩔 수 없지."

루페이시가 여동생 집단을 다시 둘로 나누어 본진 수비를 강화할 것을 제안했지만, 오푸스가 기각했다.

"전쟁과 달리 수도 함락으로 끝나는 것도 아니고."

"본진은 케나면 되지. 어차피 저 녀석이 당하면, 우리는 끝장이니까."

"책임감이 엄청나네. 수비는 키랑 쿠와……."

바로 곁에서 기대가 담긴 눈빛에 진 케나는 "유니오도."라고 덧붙였다.

"순식간에 정에 약해졌군."

"……."

오푸스의 한마디가 모든 것을 말해주고 있었다.

모두가 푸근한 눈빛으로 봐서, 수치심을 떨쳐내려는 듯이 케나는 은환을 소환했다.

케나의 허리 높이에 나타나는, 일곱 색깔의 구체가 박힌 거대한 은색 고리.

목격 경험이 있는 플레이어들 사이에서 술렁거리는 동요가 퍼져나간다.

"언니, 갑자기 그거예요?!"

"아군을 겁먹게 해서 어쩔 셈이야!"

가장 먼저 예거에게 혼난 건 말할 필요도 없다.

일치단결하여 전진하는 플레이어들.

폐도. 차국의 수도는 왕성 뒤에 신전이 있는 특이한 구조다.

시가지는 왕성을 중심으로 부채꼴 모양으로 펼쳐지고, 그물망처럼 도로가 나 있다.

본래라면 아름다운 거리가 펼쳐져 있어야 할 터인데, 거리에 면한 건물 중 멀쩡한 형태를 남기고 있는 것이 하나도 없었다.

여기서 보이는 광경으로 기이한 것이라고 한다면, 성벽을 따라 도시를 빙 둘러싸고 있는 드래곤 무리다. 케나와 오푸스와 은귀, 그리고 사하나가 협력하여 소환된 그것들은 최소 800레벨이라는 최강 포진이다.

돌 블록은 방치된 유적처럼 금이 가고 너덜너덜하다.

잡초가 자랐던 흔적은 있지만, 그것도 영양이 공급되지 않아 시들어서 바싹 말랐다.

곳곳이 벗겨져 아래의 땅바닥이 드러나 있고, 여기저기 파헤쳐진 것처럼 커다란 구멍투성이다.

건물도 비슷한 상태로, 문이나 창문이 멀쩡한 게 하나도 없다.

비장감이 감도는 호러 게임의 무대와도 비슷하다.

때때로 미지근한 바람을 타고, 무언가 자극적인 냄새도 흘러온다.

세월만으로 부서진 것이 아니라, 생생한 발톱 자국이 새겨져, 엄청나게 큰 힘이 가해진 것처럼 비틀려서 끊어진 건물까지 있었다.

"케나의 마법 탓이 아니야?"

"너무하네. 그때 이벤트 이후로 재건되었으니까, 이건 최근 200년 사이에 파괴된 거겠지."

"그 범인은 전혀 보이지 않는데……."

"멋대로 사멸했다든가?"

"그렇다면, 우리가 지금 소집된 게 부자연스럽잖아!"

누군가가 입을 열자, 긴박감이 감도는 플레이어들 사이에서 가벼운 농담이 퍼져나간다.

여전히 경계하고 있지만, 아무도 입을 열지 않고 있는 이 분위기를 견딜 수 없게 된 듯하다.

"일단 지상 부분의 소탕이 시급하군."

"아직 건물은 그런대로 건재하지만, 상당히 낡아 빠진 것 같아. 발로 차면 무너지지 않겠어?"

"절대로 하지 마. 휘말리니까!"

스킬 마스터가 있으니까, 처음에는 지휘권을 맡기자는 의견도 있었다.

하지만 그것에는 은귀 자신이 '나는 지휘관 그릇이 아닐세.' 하고 사퇴했다.

케나에 이르러서는 전술이나 지휘 스킬이 있어도, 본인이 대규모 전투에 대한 지식이 부족한 까닭에 처음 예정대로 예거와 슈피라르가 맡게 되었다.

출입구 경계에 나섰던 엑시즈 일행에 따르면 결계 내부에서 산

발적으로 나오던 몬스터가 끊긴 듯하지만, 펠스케이로 왕도 습격의 사례도 있으므로 방심할 수는 없다.

덧붙이자면 화제에 오르지 않는 오푸스는 무엇을 하고 있는가 하면, 도시 입구 부근에서 지하로 잠입하여 지하도에 숨은 몬스터를 사냥하러 갔다.

사이렌은 참가하지 않고 밖에서 대기 중이다.

혹시 아무것도 모르는 누군가가 다가왔을 때의 설명 담당을 맡아주었다.

'발견하는 대로 섬멸하고, 덤으로 지하도도 부수겠다.' 라고 해서 듣고 있던 모두가 그 발언에 깜짝 놀랐다.

"어이어이어이, 무슨 짓을 할 셈이냐?!"

"무너뜨리면 도망갈 곳을 찾아 출구로 쇄도하겠지? 그걸 너희가 때리면 될 뿐이다. 몰이사냥이지."

일부 플레이어가 "아하, 과연." 하고 고개를 끄덕였다.

길이 복잡한 던전에 뛰어들어 어디서 적이 나올지 모르는 위험성을 생각하면 타당한 수단이다.

그러려면 협공을 막기 위해 먼저 지상의 적을 섬멸해야 한다.

도시부를 분쇄하는 것만이라면 케나나 오푸스가 상위 마법을 사용하면 되지만, 일부 예외를 제외하면 기본적으로 범위 마법은 '시전자를 중심으로 하는' 사양이다.

게임과는 달리 아군 공격을 제한하지 않는 지금은 마법이 자동으로 플레이어를 구분해 주지 않는다.

마법으로 도시를 파괴하려면 혼자 안에 들어가야만 한다. 케나와 오푸스라면 그것도 가능하지만, 그렇게 했다간 긴급 퀘스트로 플레이어를 모은 의미도 없어져 버린다.

오푸스의 파괴 활동의 증거는, 때때로 발밑에서 전해져 오는 미세한 진동이다.

도시 입구 부근부터 서서히 돌 블록이 무너져 땅이 꺼지니까, 지상을 이동하는 플레이어들도 가만히 서 있을 수만은 없다.

"저러고도 용케 본인이 휘말리지 않는군."

"그 부분은 잘 계산했을걸. 그런 일에선 똑똑하니까 말이야."

옆에 나란히 선 샤이닝세이버가 황당해하는 투로 말하자, 쓴웃음을 지으며 대꾸했다.

"그런 건가." 하고 고개를 끄덕인 참에, 케나의 어깨에 앉은 쿠가 "적이야-!" 하고 경고한다.

"슈피라르 씨, 적이래요!"

"뭐라고? 어디서냐?"

여의봉을 치켜들고 슈피라르에게 전하자, 곤혹스러운 기색으로 예거가 대답했다.

재빨리 최전열에 있던 플레이어들이 무기를 뽑아 들고 경계하기 시작한다.

현재 위치는 도시 중앙에 위치한 분수 광장이다.

분수는 물이 마르고, 흙이 덮여 시든 잡초가 여기저기서 얼굴을 내밀고 있다.

"지하에서인가?"

"아차……."

"역시 매복으로는 저쪽에 주도권이 있군."

폐도 일대의 피아 판별 레이더 도면에 표시되는, 파란색과 빨간색으로 나뉜 무수한 점.

파란색이 플레이어를, 빨간색이 몬스터를 나타낸다.

현재 폐도 중앙 광장에 뭉친 파란색 점, 그 주위를 빙 둘러싸는 고리가 되는 다수의 빨간색 점. 플레이어 일동은 적에게 포위된 상태였다.

【매직 스킬 : 물리 방어력 상승 : ready set】, 【매직 스킬 : 마법 방어력 상승 : ready set】.

재빨리 케나가 외운 버프 마법이 전체에 퍼져 플레이어들의 몸이 파란색과 빨간색으로 빛난다.

이어서 사하나가 외친 것은 【스피드 상승】과 【공격력 상승】이다.

이걸로 플레이어들의 몸은 녹색으로 빛나고, 각자가 가진 무기가 붉게 빛난다.

그리고 누군가 꿀꺽 침을 삼키는 소리와 함께, 왕성 방향에 있던 한 채의 건물이 내부에서 폭발했다.

동시에 구조물의 돌 파편이나, 내부에 있었을 것으로 생각되는 부서진 가구 등이 날아온다.

비록 【물리 방어력 상승】이 걸린 것을 알아도 날아오는 물체가 있으면 피하는 것이 일반적인 반응일 것이다.

모두가 황급히 몸을 숙이거나 후퇴했을 때, 이번에는 남쪽, 부대의 진행 방향에서 볼 때 왼쪽에 있던 집이 폭발했다.

적성 반응은 감지할 수 있으므로, 필연적으로 뒤통수를 맞지 않도록 원진을 짜서 대처한다.

뭉게뭉게 피어오르는 분진이 가라앉기 시작했을 무렵, 내부에서 나타난 것이 눈에 들어왔다.

크기가 4톤 트럭만 한 마수다.

빨간색과 검은색의 얼룩덜룩하고 미끈미끈한 피부를 가진 개구리의 반쯤 벌어진 입에서는 거대한 뱀이 똬리를 틀고 있었다.

등에는 어울리지 않게 큰 사슴 같은 멋진 뿔이 날개처럼 달렸다.

"합체 마수 키메라냐!"

"""으헤에……."""

한 사람이 출현한 몬스터의 정체를 간파하자, 모두의 얼굴이 질색하듯 일그러진다.

출현한 건 마수 개구리뿐만 아니라, 상어 머리가 달린 악어나, 전갈 꼬리와 뱀과 개의 머리가 달린 케르베로스 등, 전혀 통일감 없는 몬스터들이다.

왼쪽 건물에서 나타난 건 통통하게 살찐 갑옷이다.

다만 신장이 4미터나 되어서, 지금까지 어디에 숨어 있었는지 의아할 정도로 덩치가 크다.

리빙 아머나 뭔가라고 생각되었던 그것이 투구의 덮개를 젖히자, 안에서 무수한 문어 다리가 우글우글 튀어나왔다. 진짜 징그럽다. 여성진에게서는 비명까지 터져 나오고 있다.

관절은 거대한 눈알로 바뀌어, 언밸런스한 구체 관절 인형처럼 보이기도 한다.

허리에서 뽑아낸 건 검이 아니라, 꾸물꾸물 꿈틀거리는 다리 없는 지네였다.

인간의 목 정도는 일격에 물어뜯을 듯한 입가에서 뚝뚝 떨어지는 침은 땅바닥에 구멍을 뚫는 용해액이다.

"저런 건 게임에서 본 적 없는데!"

"200년이나 결계 안에서 독자적인 진화를 이룬 걸까."

"태평하게 분석하고 있을 때냐!"

합체 마수 키메라는 게임에서 비교적 흔한 몬스터로, 폐허나 던전에 많이 배치되어 있었다.

두 마리에서 세 마리의 기존 동물을 합체한 것처럼 생겼는데, 특별한 지역이 아닌 이상, 물리 공격과 장소에 맞는 레벨만 있으면 해치우기 어렵지 않다.

이 균형이 깨진 원인은 디자인 작업에 시달리던 운영진이 특수 아이템과 교환하는 조건으로 낸 일반 공모다.

게임에 열중하고 있던 일러스트레이터 지망생부터 프로까지, 앞뒤 안 가리고 달려들었다.

디자인만 제출했다만 그나마 나았겠지만, 개중에는 그림과 함께 공격 방법까지를 상세하게 써서 제출하는 사람도 있었다.

게나가 운영진은 별생각 없이 그것을 그대로 채용했고, 그리하여 흉악한 몬스터가 한때 초보자 지역까지 만연했던 것이다.

나중에 유력 길드가 손잡고 대규모 소탕 작전을 결행했다.

같은 시기에 플레이어 대다수의 불만도 있어, 합체 마수 키메라의 대번식 소동은 막을 내렸다.

"징그러운 녀석들이 그 멸절 전쟁에서 살아남은 모양이군."

"젠장, 운영진의 숨겨진 패라는 건가!"

"이제 와서 생각하지만, 리아데일 운영진은 아이디어가 너무 부족하잖아……."

"말하지 마, 슬퍼지니까."

소탕 작전을 거친 기억이 있는 플레이어도 있어, 기피하는 시선이 갑옷과 개구리에게 꽂힌다.

둘 다 레벨은 300레벨 전후, 여기 모인 플레이어의 적수는 아니다.

하지만 상황은 반격을 생각할 수 없게 되었다.

연달아 주위 건물이 폭발한 것이다.

차례차례 모습을 드러내는 합체 마수를 본 플레이어의 표정에 초조함이 보이기 시작한다.

아무리 격하라고는 해도, 어떤 특수 능력이 있는지 모르는 상대에게 포위당해선 제대로 움직일 수 없다.

일부 플레이어가 벽을 따라서 이동하려고 하자, 진행 방향이 폭발했다.

엄폐하려고 하자, 등 뒤에서 폭발이 일어났다.

"으아악! 이 광장에서 못 나가게 할 셈이냐고!"

"어어…… 합체 마수는 본능밖에 없다고 생각했는데."

어느새 플레이어들은 무수한 합체 마수 키메라에게 둘러싸인 상황에 처했다.

전투태세를 취한 채 곤혹스러워하는 예거와 케나의 시선이 교차한다.

"에잇, 마수에게 이런 매복을 할 지능 같은 게 있냐고."

"내가 어떻게 알아! 움츠러들고 있을 때가 아니잖아!"

"칭얼대지 말고 반격한다! 한데 뭉치긴 했지만, 이러면 바깥쪽을 향해 얼마든지 퍼부을 수 있잖아."

"좋아. 무잡이들, 우리의 진가를 보여줄 때다!"

예거가 붉은 갑옷을 철컥 울리고, 자기 키보다 큰 대검을 어깨에 짊어진다.

샤이닝세이버나 코랄도 매섭게 미소를 띠며 뒤따른다.

나아가 몇몇 대검 장비자가 자기 무기를 어깨에 짊어지고, 몸을 낮추는 자세를 취했다.

"왜 무?"

"그건 말일세. 초보자용 대검은 칼날이 하얗고 자루가 녹색이었기 때문이지."

무심코 의문을 입에 담은 쿠올케에게, 할버드 두 자루를 든 은귀가 답을 알려준다.

"아하." 하고 고개를 끄덕인 쿠올케도 양손의 무장을 채찍으로 바꾸고, 바람을 가르며 회전시키기 시작했다.

각자가 스킬을 준비하는 가운데, 케나 일행과 후위들은 전위들이 돌격하기 전에 공격 마법을 쏠 준비에 들어간다.

사하나는 대검 유저들의 명중률을 높이기 위해 【DEX 상승】 등의 마법을 사용했다.

모두에게 그 효과가 퍼진 것과 동시에, 합체 마수 키메라들이 일제히 움직이기 시작한다.

"날려버려라아아앗!!" 하는 호령과 함께, 모두가 검은 파도를 향해 대검 기술을 해방했다.

【화염폭렬탄】.

【염사유린】.

명중하면 반경 5미터 범위를 불태우는 불덩이나, 대상에게 휘감겨 불태우는 불꽃의 뱀 같은 공격 마법이 차례차례 날아간다.

그것이 전위가 말려들지 않게끔 몬스터의 파도보다 살짝 더 안쪽으로 떨어졌다.

케나와 사하나가 날린 한 단계 위의 【호염폭렬탄】 등은, 몬스터만이 아니라, 주위 건물도 같이 날려버린다.

【웨폰 스킬 : 휘말리는 사룡】.

가장 먼저 뛰쳐나간 건 대검 유저인 예거와 샤이닝세이버 일행.

해머 던지기의 요령으로 대검을 휘두르자, 순식간에 눈으로 좇을 수 없을 정도의 최고 속도로 회전한다.

그것이 주위에 바람을 두르고, 폭풍의 영역에 달하면서 한 덩어리의 회오리바람으로 변했다.

대검 유저들의 인원수만큼의 폭풍 회오리바람들이 난립하여, 검은 파도가 되어 밀려오는 몬스터 무리에 꽂혔다.

뱀처럼 움직이면서 돌진하고, 접촉하는 족족 베어버린다.

회오리바람에 닿은 몬스터들은 몇 겹으로 썰리고, 살점은 폭풍과 함께 상공으로 날아올라 흩어져 갔다.

두 개의 회오리바람 사이에 끼인 몬스터는 분쇄기에 걸린 종이처럼 갈가리 찢긴다.

인간을 습격하는 기쁨에 몸을 떨던 몬스터들의 포효는 순식간에 절규로 바뀌어 갔다.

【웨폰 스킬 : 협곡초폭쇄】.

은귀는 두 손에 쥔 대형 할버드를 자신의 전방에 부채꼴 모양으로 펼쳐 땅바닥에 내리친다.

돌 블록이 방사상으로 가라앉고, 발이 걸린 몬스터들이 차례차례 자세를 잃고 땅바닥으로 매몰되어 간다.

황급히 뛰어올라 벗어난 마수도 있지만, 이미 늦었다.

돌로 된 창이 바닥에서 우수수 출현하고, 사로잡힌 마수에게 꽂힌다.

마수들은 무방비한 아래쪽에서 덮쳐오는 투박한 돌창에 때까치가 먹이를 저장하는 것처럼 꿰여 허무하게 숨통이 끊긴다.

어떻게든 그것을 피할 수 있었던 마수도 있지만, 다른 플레이어가 날린 충격파의 칼날에 양단되고, 폭염에 뼈까지 불탔다.

【웨폰 스킬 : 선륜참 연사】.

쿠올케와 마찬가지로 채찍 소지자 몇 명이 빠르게 회전시킨 채찍으로 바람의 원형 톱날을 만들어 날린다.

그것이 플레이어의 무기 기술 틈새를 억지로 통과하려던 상대를 닥치는 대로 절단해 간다.

한 마리당 서너 조각으로 날아가니까, 이제는 원형이 뭔지 알 수 없을 정도로 갈가리 찢긴다.

파괴력 우선의 무기 기술보다는 코스트가 낮고, 한 번에 대량 사출하는 것도 가능하며 제어하기도 쉽다.

앞으로 돌출한 대검 유저들의 회오리바람에 비트처럼 달라붙어 그 위력을 강화하거나, 돌진하는 플레이어의 후방을 지켜주거나 하고 있다.

【매직 스킬 : 굉염창 연탄 : ready set】

사하나와 슈피라르의 머리 위에는 길이가 2미터는 될 법한 불꽃의 창이 무수히 출현한다.

"가라!" "GO." 라는 호령으로 차례차례 사출되어, 회오리바람이나 돌출한 플레이어의 머리 위를 넘어 맨 뒤쪽에 있던 마수에게 박혔다.

불타기 전에 닿는 족족 순식간에 숯덩이가 되고, 비명을 지를 틈도 없이 그 몸이 바스스 부서져서 즉사해 간다.

MP가 풍부한 사하나에 의해 주위를 막고 있는 마수 무리 전체에 걸쳐 불꽃 창의 비가 쏟아져, 본능에 맡겨 도망치려 했던 적을 한 마리도 남김없이 숯덩이로 만든다.

첫 호령에서 15분 정도 지났을 무렵에는, 주변을 가득 메우고 있던 마수가 전멸해 있었다.

"오오, 두 발 쐈더니 끝나버렸네……."

"케나 양에게 맡기면 우리가 나설 차례가 없어져 버린다고."

케나가 더 쏘고 싶었다는 얼굴을 하자, 슈피라르가 지팡이를 어깨에 짊어지면서 쓴웃음을 짓고 있었다.

"쿠도 안 쐈어."

"어? 언니, 그 요정도 공격할 수 있나요?"

쿠가 나직이 중얼거리자, 사하나의 눈이 놀라움으로 휘둥그레진다.

"오푸스도 도망칠 정도로 흉악해."

"으에에엑……."

눈을 피하고 "훗." 하고 힘없이 웃는 케나에게, 사하나는 반신반의한 눈치다.

"그보다 저쪽 케어를 먼저 하는 게 좋을 것 같네요."

""네?""

슈피라르가 지팡이로 가리킨 쪽을 보니 유쾌한 광경이 펼쳐져 있었다.

"오, 잠깐…… 으헉?!"

"으으오오오……."

"우웁, 울렁거려……."

부상자는 적지만, 다른 의미에서 가장 피해가 심했던 것은 대검 유저들이었다.

역시 게임 때와는 감각이 다른 듯, 대다수가 고속 회전으로 인해 어지러움을 느끼고 "속이 메슥거려."라며 파랗게 질린 얼굴로 중얼거리고 있다.

마수를 실컷 베어버린 것까지는 좋았지만, 무기 기술을 푼 순간 위에서 떨어져 내린 살점이나 피보라를 뒤집어쓰고 빨간색이나 보라색으로 물들어 버린 자도 있다.

【정화】를 쓸 수 있는 플레이어가 닥치는 대로 그것을 깨끗하게 바꿔나간다.

"오오오?"

"어라?"

그 작업 중에 정문 방향에서 하늘에 닿을 듯한 불기둥이 치솟았나 싶더니, 모두의 몸을 붉은 이펙트가 감싼다.

레이드 링크에 의해 플레이어 전원에게 효과를 미친 【화염 내성】의 효과다.

행사한 것은 남겨두고 온 오푸스일 것이다.

덤으로 무언가의 포효가 여기까지 울려 퍼지는 것에 몇 사람이 미간을 찌푸렸다.

"거참, 무엇과 싸우고 있는 걸까……."

“몹시 내키지 않지만, 그 망할 마인족이라면 무엇이 상대든 괜찮겠지요.”

“사하나는 역시 오푸스가 진짜 싫구나…….”

“뭐, 우리가 가봤자 지원군도 안 될 테니까. 저쪽은 맡겨두자고.”

샤이닝세이버, 사하나, 코랄이 그렇게 말하자, 모두가 동의하듯이 고개를 끄덕인다.

굳이 발걸음을 옮겨 책사의 싸움에 휘말리고 싶지는 않기 때문이다.

한계 돌파자는 한계 돌파자답게 싸우도록 하고, 이 소동 퀘스트를 후다닥 수습하기 위해 이동하기 시작한다.

“좋았어! 평온한 생활을 위해!”

“““우오오오오오오오오오—!!”””

예거의 호령에 함성을 지르며, 플레이어들은 달려 나가기 시작했다.

등장인물 소개

WORLD OF LEADALE

Character Data

8

Character Data

샤이닝세이버

옛 〈은월기마〉 소속 부길드 마스터. 은색 용인족(드래고이드), 레벨 472.

전방에서 대검을 휘두르는 것이 일이었지만, 기사단장이 된 지금은 서류 업무가 많아져서 진저리를 치는 듯하다. 사실은 이쪽 세계에 나타났을 때 장소가 기사단 단련장 한복판이어서 곧바로 체포당해 옥에 들어갔다고 하는 씁쓸한 경험이 있다. 그 뒤로는 어찌어찌 기사단 신세를 지다가 일개 병사에서 기사로 승진(레벨 덕분도 있어서), 기사단장에 취임했다. 전임 기사단장 아비타와 그 부하들에겐 기를 못 편다. 케나가 약혼자라는 소문은 기사들 사이에서 뿌리 깊게 자리를 잡는 바람에 아직도 털어내지 못한 듯.

Character Data

코랄

옛 〈은월기마〉 소속
길드원.
인간족, 레벨 392.

신세를 졌던 마을 청년들과 모험가가 되어 〈개선의 갑옷〉이라는 파티를 만들었다. 레벨 차이 문제도 있어서 방패를 드는 탱커 역할을 솔선해서 맡는다.
개선의 갑옷 멤버들에게는 답답했던 심정이 알려진 듯하다.
이쪽 세계에서 10년 넘게 지낸 만큼 나이를 먹었으며, 정신 연령은 샤이닝세이버보다 많다.
새로운 별칭인 〈지고의 검사〉를 한시라도 빨리 반납하고 싶어 한다.

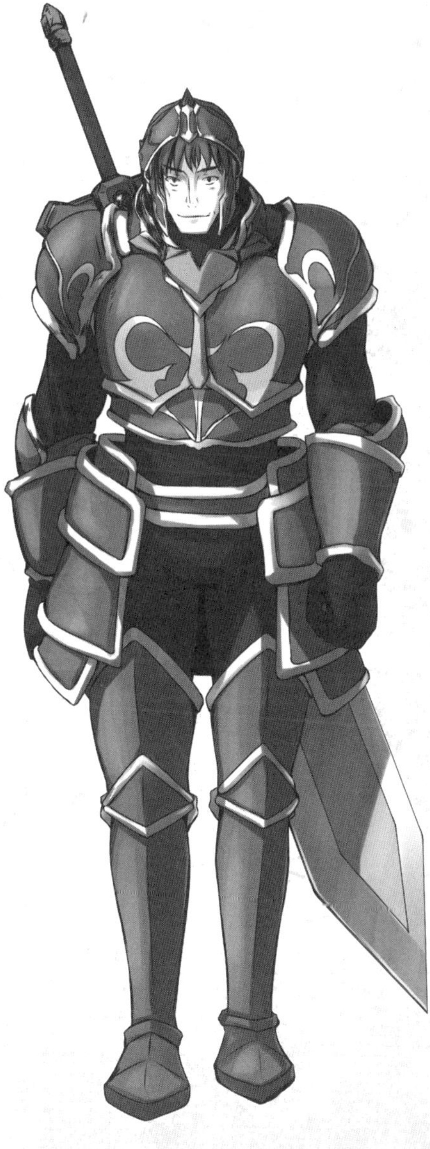

특별 일러스트 모음

Special Illustration Collection

WORLD OF LEADALE

B
C
A

やばい。망했다

후기

굿애프터눈, 굿나잇, 굿모닝. 작가인 Ceez입니다.

거친 파도처럼 몰아치는 전개가 펼쳐지는 제8권을 보내드립니다. 이번 권에는 이벤트의 전반부가 실렸는데. 후반부는 다음 권에서 끝이 보이지 않을까 생각합니다, 네.

이 책이 발매될 무렵에는 애니메이션도 몇 화 방송되었을 겁니다.

정말이지 여러분의 반응이 너무 두려워요! 연재 중에도 감상을 받고 일희일비했으니까 말이죠.

서적이나 만화와는 또 다른 매력을 애니메이션에서 찾아주시면 좋겠습니다.

이 자리를 빌려 감독님과 제작에 힘써주신 모든 스태프분들께 진심으로 감사드립니다. 생각해 보면, 편집자님께 '애니메이션 제작 결정이 났습니다.' 라는 소식을 들은 것도 2권이 막 발매되었을 무렵이었던 것 같습니다……. 연락을 받고 깜짝 놀랐지만요.

MAHO FILM 스튜디오 입구에 모 로봇 애니메이션의 기체가 떡하니 장식되어 있어서 감동한 것을 지금도 기억합니다.

캐릭터에 생명을 불어넣어 주신 멋진 성우 여러분께도 정말 감사드립니다. 힘든 시기였는데도 수록하시느라 고생 많으셨습니다. 미리 시청한 완성본을 보고 눈물이 멈추지 않았습니다. 설마 제 소설이 애니메이션이 될 줄은, 연재하던 10년 전에는 생각지도 못했습니다.

그리고 지난번의 반성은 도대체 무엇이었나 싶을 정도로, 이번에도 여기저기에 폐를 끼쳐서 정말 죄송합니다아아앗! 힘든 시기가 아니라면 엎드려 절이라도 하고 싶을 정도입니다.

참을성 있게 기다려 주신 담당 편집자님, 눈코 뜰 새 없이 바쁘신 와중에 기다리게 한 일러스트레이터 텐마소 님께는 그저 머리를 땅바닥에 조아릴 뿐입니다.

교정 담당자님과 장정(표지 디자인) 담당자님께도 또다시 폐를 끼쳐서 죄송합니다.

다음에는 꼭 마감을 지킬 수 있도록 노력하겠습니다…….

아직 안심할 수 없는 힘든 시기가 계속되고 있지만, 독자 여러분께는 이 작품을 앞으로도 잘 부탁드립니다.

책을 사 주신 모든 분께, 진심으로 감사드립니다!

Ceez

그림을 그리는 사람, 텐마소입니다.
애니메이션도 시작됐고,
앞으로도 이렇게,
뭔가 잘, 은근슬쩍,
나름대로,
살아가면 된다고 생각했습니다.

리아데일의 대지에서 8

2025년 11월 05일 제1판 인쇄
2025년 11월 20일 제1판 발행

지음 Ceez | **일러스트** 텐마소

편집 · 제작 노블엔진 편집부

발행 데이즈엔터(주)
등록번호 제 2023-000035호
주소 07551 서울특별시 강서구 양천로 570 NH서울타워 19층
대표전화 02-2013-5665

ISBN 979-11-380-6331-9
ISBN 979-11-6524-096-7 (세트)

RIADEIRU NO DAICHI NITE Vol. 8

국민들을 위해 최선을 다하고픈 (미래의) 최강 악역&최종 보스!
애니메이션 시즌 2 2026년 방영 예정!

비극의 원흉이 되는 최강악역 최종보스 여왕은 국민을 위해 헌신합니다

1~8

"이런 최악의 쓰레기 악역인 최종보스로 환생하다니!!"
평화롭게 고등학교 3학년 방학을 즐기던 나.
그러던 어느 날 교통사고로 정신을 잃은 내 앞에 펼쳐진 것은 좋아하던 게임 시리즈
'너와 한줄기 빛을' 속 세계!
그런데 하필이면 나라를 파멸로 이끌 비극의 원흉으로 전생했다?!
남은 시간은 10년. 그 안에 내 치트인 예지 능력과 지력,
권력을 이용해 그 미래에서 벗어나겠어!
――라며 고군분투하는 사이, 어느새 주위 사람들에게 사랑받고 있습니다(?)

텐이치 지음 / 스즈노스케 일러스트